新 潮 文 庫

美澄真白の正なる殺人

東 崎 惟 子 著

新 潮 社 版

12025

美澄真白の正なる殺人

【みすみましろのせいなるさつじん】

The Justifiable Demise of Misumi Mashiro

楓花町女子高生強姦殺人事件

楓花町女子高生強姦殺人事件（ふうかちょうじょしこうせいごうかんさつじんじけん）とは、20[redacted]年12月25日に長崎県島原市で発生した未解決の殺人事件である。

概要

20[redacted]年12月25日午後7時45分ごろ、長崎県島原市楓花町の住宅で火災が発生していると近隣の住民から119番通報があった。直ちに消防が出動し消火活動を行い、火は消し止められたが、焼け跡から女性の遺体が見つかった[1]。

遺体は県内の高校に通う**美澄真白**（当時16歳）と判明。

司法解剖の結果、被害者の頸部には切創があること及び性的暴行を受けていることが判明した。焼死による生活反応が見られなかったことから、頸部の切創が直接の死因とみられる。事件現場である風呂場からは凶器とみられる包丁が見つかっている。被害者は性的暴行を受けた後、頸部を切られて殺害されたものと思われる。

住宅からは小柄な男性の足跡が検出されており、争った痕跡もみられる。警察はこの男性を事件の重要参考人として捜査を行ったが[2]、特定には至らなかった。

関係者の証言

被害者と特に親しかった者に対して、事件発生当初、メディアがインタビューを行っている[2]。

被害者および犯人について、友人Aは次のように答えた。

「（被害者は）正義感の強い人だった」

「（犯人について）早く捕まってほしい」

同様に親しかった友人Bは次のように答えた。

「（被害者について）刑事になるのが夢と言っていた。きっといい刑事になると思ってたのに。どうしてこんなことに」

「（犯人について）こんなに酷いことができる人間がいるなんて、未だに信じられない」

被害者の父（警察官）は、次のように答えた。

「（被害者について）自分が親としてしっかりしていればこんなことにはならなかった。あの日の朝に時間を戻したい。クリスマスパーティーをすると言って出ていく娘を止めたい」

脚注

1.^ "焼け跡から女子高校生の遺体、強姦殺人とみて捜査。犯人、証拠隠滅のため放火か　島原市の住宅街：夕日新聞デジタル". 夕日新聞デジタル. 20[redacted]年1月2日閲覧。
2.^ "長崎県警察／島原市楓花町における女子高生強姦殺人事件の犯人を捜しています！". 長崎県警察. 20[redacted]年2月5日閲覧。

序章

九歳。冬だった。

その日、いつもと違う公園にいたのは、いつもの公園を追い出されたからだった。

美澄真白《みすみましろ》は同級生からいじめられていた。理由はわからない。少なくとも悪いことはしていない。むしろ正しいことをした。

「おまえ、めんどくさいんだよ」

それがクラスメイトの真白に対する評価だった。

わからない。真白はただ、クラスのいじめを止めただけだった。クラスに器量の良くない女子がいた。その子がいじめのターゲットになったのだ。真白はそれを庇《かば》い、先生に言った。一度や二度ではない。何度もそれを繰り返した。そうやって得た評価が「めんどくさい」だった。

こういう時、庇ったクラスメイトくらいは真白の味方になってくれそうなものだが、それもなかった。そのクラスメイトは真白がいじめられるのを見て、安心したようだった。真白がいじめられている限り、自分がいじめのターゲットになることはないと理解したのだろう。見返りを求めて庇ったわけではないが、それにしたってあんまりだと真白は思った。

ただそれでも、いじめられっこを守ってよかったと真白は思っていた。誰かがいじめられるのは我慢ならないが、自分がいじめられる分には我慢できる。

それに、きっと父は私を褒めてくれるはずだ。

そう思えば人気《ひとけ》のないこの公園で過ごす一人の時間もなんだか自慢できるもののような気がしてきた。

この公園に子供は来ない。ここは公園のくせに、何もかもが公園に向いていない。まず狭い。次に遊具がほとんどない。最後になんだか薄暗い。灯りが壊れているせいだ。この無気味さが子供が寄り付かない決定的な理由だった。

それでも家に帰るという選択肢はなかった。万一、いじめられているのが親にバレたら嫌だ。心配をかけたくない。だから、真白はベンチに腰掛け続ける。

その公園で放課後、門限の六時までを過ごすのが日課になってしまった。

新しい日課が始まって、一週間ほどが経《た》った頃。

いつもは誰もいない公園に先客がいた。自分と同い年くらいの少女だった。長い黒髪の大人しそうな子だった。髪には独特なウェーブがかかっていた。

少女はこの公園の数少ない遊具であるブランコに座っていた。そして、真白が公園に入ってきたことに気付いた。

目が合った。

けれど、互いに声をかけたりはしなかった。知らない子と話すような社交性はお互いにないようだった。

いつものように真白はベンチに座った。そこが彼女の指定席だった。ペンキの剝《は》がれかけているそれに座って、ぼんやりとしながら時間が過ぎるのを待った。

三十分ほど経ったが、少女はまだそこにいた。退屈そうに俯《うつむ》いて、ブランコを漕《こ》いでいる。真白は彼女から自分と同じものを感じた。ただ時間が過ぎるのを待っている者の気配。

それで、真白は声をかけた。

「ねえ、私と遊びますか？」

声をかけられた少女が顔を上げた。

「退屈してるんでしょう。なら、私と遊びましょう。六時まで暇なんです」

少女は驚いたように言った。

「いいの？　私で」

「どうして？」

「だって、私、すっとろいから」

少女はまた俯いた。

「学校のみんなに言われるんだ。おまえ、めいわくだって。ドッジボールでも私の入ったチーム、ぜったい負けちゃうからさ。私の相手するのめんどくさいって」

めんどくさいという単語を聞いて、真白は言った。「じゃあ、私と一緒ですね」

不思議そうな顔をして、少女は尋ねてきた。「あなたもすっとろいの？」

「ううん。でも、めんどくさがられてるのは同じです。大丈夫。とろくたって私は気にしませんから」

真白の言葉で少女は安心したようだった。笑顔になった彼女を見て、仲良くなれそうだなと真白は思った。

「じゃあ、一緒に遊ぼう」

これが真白と少女の出会いだった。

二人はすぐに意気投合した。宣言通り、彼女は確かにとろかった。言動の一つ一つがワンテンポ遅れている。だが、真白もまた宣言通り気にしなかった。真白は面倒見のいい性格をしていたし、何より他人の特性をとやかく言うような人間ではなかった。

名前は互いに聞かなかった。一回きりの友達だと思っていたからだ。けれど、次の日に公園に行くと、またその女の子がいた。だから、また遊んだ。毎日のようにそれが繰り返されるようになった。何度も遊ぶと却《かえ》って名前を聞くことができなくなった。今更聞くのはどこか恥ずかしい。

少女と出会えてよかったと思った。この子と遊べるおかげで、門限までの時間がぐっと短く感じられた。

お互いのことを話すようになった。学校のこと、家のこと。真白の話を少女は興味津々《しんしん》で聞いてくれた。彼女は口下手だったが、聞き上手だった。

父が警察官で、自分も刑事になりたいことを話した。少女は力強く言った。

「あなたなら絶対なれるよ」

何の根拠もない言葉だったが、真白には嬉《うれ》しかった。真白の周りには彼女の夢を応援してくれる人はいなかった。

「警察官になったら何したいの？　パトカー運転したいの？」

「ううん。父さんみたいに、弱い人の助けになりたいんです」

「わあ……」と少女は目を輝かせた。

「すごぉい。正義の味方だね」

少女がキラキラした目で見てくるから、なんだか真白は誇らしい気持ちになった。本当に正義の味方になった気がする。

一緒に遊ぶようになって一月ほど経った頃、少女の家に招かれた。

彼女の家は小さな庭付きの一戸建てだった。こぢんまりとしているが綺麗《きれい》な建物だった。

家に上がった真白は言った。「お邪魔します」

けれど、家の人は誰も出てこなかった。

「パパはお仕事。ママは買い物にでも行ってるんだと思う」

フローリングの廊下を歩いて、リビングに入った。アップライトピアノが置いてある。

少女はピアノの横に立つと、うずうずした様子で真白を見た。

「えへへ」と少女は含み笑いをして言う。

「今日はかっこいいところ見せてあげるね」

「かっこいいところ？」

この時点で少女が何をするつもりなのかはわかりきっていたけれど、あえて気付いていないふりをした。

少女はピアノの前に置いてある椅子《いす》に座った。黒い革の張られた、背もたれのない椅子だった。

少女の演奏を真白は待った。けれど、正直に言って、真白は彼女を侮《あなど》っていた。普段の彼女のおっとりした雰囲気が理由だろう。ピアノを弾くといっても『猫ふんじゃった』などの簡単な曲だろうと思っていた。

「これね、あなたにピッタリな曲だと思うの」

だが、白鍵《はっけん》の上を指が滑るように動きだしたその瞬間、考えを改めることになった。

少女の纏《まと》う空気が変わった。

洗練された指運びに、いつもの少女の影はない。紡《つむ》ぎ出される旋律は格調高くて、音楽的センスの良さを感じさせる。ペダルをぐっと踏み込む足は、少女らしからぬ力強さ。ピアノに向かう少女の顔つきは真剣そのもので宣言通りにかっこいい。

何よりその音色の美しいこと。真白は体の奥がしびれるのを感じた。

少女の演奏は、真白の心を奪った。音楽というものに生まれて初めて触れた気がしていた。今日まで聞いていたのはただの音だったと気付かされた。

聴き入っていた。少女の奏《かな》でる音色、それが作り出す世界に。

奏でられた曲は不思議だった。最初は物悲しいのに、どんどん力強さが増していく。

それに合わせて少女が歌う。

日本語ではないから何を言っているかはわからない。わからないのに、とてもいいと思った。

焦《こ》がれるような気持ちにさせられる旋律だった。

演奏と歌唱が終わった。真白は思わず拍手した。

「うまく弾けてよかったぁ」と少女は弛緩《しかん》した表情をした。さっきまでのかっこいい少女はもうそこにはいなかった。

「すごい。今のなんていう曲？」

「タイトルはね……」

この時、少女はタイトルを教えてくれた。けれど、真白はそれを覚えられなかった。すごく長いタイトルだったのだ。

真白はねだった。「もう一回聴かせて」

少女はとても嬉しそうに笑うと、再び鍵盤に触れた。

演奏を聴くたびに真白の心は揺り動かされた。

「音楽の才能があるんですね」

「うん。絶対音感っていうのがあるんだって」

「ぜったいおんかん？」

「こういうことだよ」

少女が旋律を奏でる。それは窓辺で木の枝を揺らす風を音楽にしたものだった。続けて微《かす》かに聞こえてくる静かな車の走行音、庭の木にとまった鳥のさえずり、そういうものを旋律にして演奏する。技巧のすさまじさに舌を巻いている真白に、少女は胸を張って言った。

「これが絶対音感。聞いた音の高さがわかるから、なんでも曲にできるんだ。ママにもできないことなんだよ」

やはり単語の意味はよくわからなかったが、どことなく天才だけが持つ能力のような響きがあるように感じた。

ほどなく家の外から歌声が聞こえてきた。美しくて荘厳《そうごん》な女性の声。この町では朝夕の六時に天主堂と防災無線から聖歌が流される。夕の聖歌は真白にとって帰宅の合図だった。

「帰らなきゃ」と言った真白を少女が寂しそうな瞳《ひとみ》で見てきた。顔にはまだ遊びたいと書いてあった。それは真白も同じだったが、彼女はきっぱりと言った。

「門限破るわけにはいきませんから」

リビングを出ると、少女もついてきた。

「また遊びに来てね」

「うん。また……」と言って、真白は少女の家を出た。玄関先まで少女が見送ってくれた。

それを見て、真白はダメもとで言った。

「……家まで送ってくれませんか？」

もう少し一緒にいたかった。

少女は即答した。

「うん。行こ」

真白のその言葉を待っていたかのようだった。相手も同じ気持ちとわかって、それで真白も嬉しくなった。

二人で家を出る。日は落ちている。まだ六時だが、冬の夜はもう暗い。

おしゃべりしながら歩いていると、あっという間に家についてしまった。二人の家はそう離れてはいなかった。

「送ってくれてありがとう……」

そう言って、真白は手の力を抜いた。握った手を離そうとした。なのに離れなかったのは、少女が真白の手を握っていたからだ。

それが真白には気恥ずかしくて、嬉しかった。まだ自分と遊びたいと思ってくれている。そう思った。

「ねえ」と少女が呼びかけてきた。

続く言葉はきっと「明日も遊ぼうね」とか「もう少し一緒にいたいね」といったものになると思った。「はい」という返事を用意して真白は待っていた。

しかし、少女はまるきり違う言葉を口にした。

「私に何かあったら、助けてくれる？」

予期していなかった言葉に面食らったが、同時に気付いた。少女が自分の手を離さないのは、真白が感じているような友愛の気持ちからじゃなさそうだった。

「……どうしたんですか」

「答えてよ」

少女の態度は頑《かたく》なだった。自分の質問への答え以外は求めていないのが伝わってきた。

真白は迷いなく答えた。

「絶対に助けます」

できるだけ、力を込めて言った。本気だということを伝えたかった。

真白は困っている人を見過ごせない。襲われている人がいたら、相手がこの少女じゃなくたって助ける。けれど、この少女がいじめられているとなったら、他の人以上に一生懸命になって助ける確信があった。

それはちゃんと伝わったのだろう。少女は目を細めた。「安心した」と言って、手を離した。

今度は真白が聞く番だった。

「ねえ、何かあったらってどういうことですか」

「ううん、なんでもない」

「なんでもなかったら聞かないでしょう」

「本当になんでもないって」

真白は想像力を働かせた。

「もしかして、いじめられてるんですか？」

少女はかぶりを振ったが、真白は信じなかった。

「本当に？」

「本当だよ」

「じゃあ、なんでそんなこと聞くんです」

「心配しないで。本当に何もないから」

「そう……」

それで真白は諦《あきら》めた。これ以上聞いても、少女は答えてくれそうになかった。

少女は手を振って、真白から離れた。

「じゃあ、またね」

不安になって、真白は少女を追った。そして結局、彼女を家まで送ることにした。送ってあげた意味ないねと少女が笑ってくれて、少しだけ安心した。

少女が不穏なことを口にしたのはその時だけだった。次に遊んだ時にはいつもの彼女に戻っていたから、きっとあの質問に深い意味はなかったのだろうと思うことにした。

十二月の下旬に、少女が言った。

「うちでクリスマスパーティーをするの。ママがディナー作ってくれるって。私もクリスマスソングを弾いてあげるから。あなたも来てよ」

真白は即答した。「絶対行きます」

日程は十二月二十五日だった。

楽しみができた。これまでのクリスマスで一番楽しみかもしれない。だが、だからこその悩みもあった。門限が六時であることだ。

真白は父、清正に相談することにした。刑事の仕事が忙しくあまり家にいない父をなんとか捕まえた。

「父さん、お願いがあるの」

真白は少し緊張していたが、声をかけられた父は柔らかな声で応じた。

「どうした、真白」

「門限を延ばしてほしいの。一日だけでいいんだけど」

「門限を？」

父の顔が途端に険しくなった。

「友達とクリスマスパーティーをするの。ピアノを聴くのよ。十二月二十五日。クリスマスディナーもあって……。その日だけでいいから、門限を延ばしてほしいの」

真白は懸命に事情を話した。手ぶりを交えていたそれは、言い訳をしているみたいだった。

「お母さんは延ばしてもいいって言ってくれてるんだよ」

「ふむ」と父は唸《うな》ってから言った。

「真白、お前の門限は六時だ。それが他の小学生と比べて遅いのはわかっているな？」

真白はしゅんとなった。「うん……」

「普段の門限すら五時にしたいと俺は思っているんだ。母さんが反対さえしなければ……」

真白は気分が沈んでいった。この調子では門限の延長など夢のまた夢だ。むしろ短くされてしまうかもしれない。

「せめてクリスマスまでは六時のままにして」

真白が半泣きになってそう言うと、父は少し驚いたように目を見開いた。

「人の話は最後まで聞きなさい。本当は五時にしたいが、まあ、せっかく友達とクリスマスパーティーをするなら、大目に見よう」

真白は嬉しくて飛び上がりそうになった。「やった！」

「ただし一時間だけだ。普段の門限が遅いんだからな」

「うん！　父さん、大好き！」

真白は父に抱き着いた。こうして門限は無事に六時から七時に延ばされたのだった。

集合時間になる前から真白は像の前で待っていた。三時に駅前にある十字架像に集合することになっている。そわそわしていて、家にいられなかったのだ。

クリスマスがやってきた。

真白の手には、リボンで包装されたプレゼントがあった。少女のために買ったネイルケアのオイル。鍵盤をたたく彼女の指から連想したものだ。お小遣いをはたいて買ったものだし、喜んでもらえるに違いない。

真白には決めていたことがあった。

今日、少女の名前を聞くのだ。それをしたら、本当の意味で友達になれる気がした。どんな名前なんだろうなどと考えているうちに集合時間になった。

真白は像の周囲を見回した。クリスマスだから待ち合わせしている人がたくさんいる。しかし、その中に少女の姿はなかった。

遅刻しているのだと思って、プレゼントを手に待ち続けた。

待ち合わせをしている人々が、どんどん入れ替わっていく。同じくらいの年の女の子がやってくるたびに、真白は相手の顔を凝視した。

だが、少女は来ない。
日が沈んだ。
一度は少女の家にまで行った。インターフォンを鳴らしたが出なかったので、結局十字架像まで戻ってきた。そして再び待った。
夜になった。
天主堂から聖歌が流される。六時を告げる曲。せっかく門限を延ばしてもらったのに、あと一時間しかない。それでも待った。一時間でもいいからパーティーがしたかった。
寒い。ポケットに手を突っ込んで、マフラーに顔をうずめて、待った。
十字架像の前の時計台が、七時を示した。
クリスマスとイヴには、普段の聖歌とは別に七時にも聖歌が流れる。特別なお祝いの日。綺麗で荘厳な歌声が聞こえてくる。
──世の人忘るな　クリスマスは
──神の御子《みこ》イエスの　人となりて
──御救い給《たま》える　良き日なるを
──喜びと慰めのおとずれ　今日ここに来《きた》りぬ
歌は門限になった合図だった。
「何が良き日よ!」

十字架像に背を向けて、走り出した。家へと駆ける。買ったクリスマスプレゼントは帰り道にある橋を渡った時に、川に投げ捨てた。

家に帰ると、真白は階段を駆け上がった。そして体当たりするみたいに自室の扉を開けると、ベッドに飛び込んだ。怒りのあまり、枕《まくら》を何度も叩《たた》いた。涙も出てきたが、声は上げないようにした。母親に心配をかけたくなかった。

一時間くらい怒っていたら、冷静になった。

何かあったのかも。事情があって来られなくなったのかもしれない。

真白は決めた。向こうから謝ってきたら許してあげよう。

すごく怒ってはいるけれど、許してあげるのが友達だと思った。

翌日には、真白はまたいつもの公園にいた。少女を許すために待っていた。

だが、少女は来なかった。

その日だけではない。次の日も、そのまた次の日も。

真白は毎日のように、公園で少女を待った。雪の降る日でさえそうした。

だが、少女は一向にやってこなかった。

心配が真白の中へ積もっていく。

春も近いある夜のことだった。深夜に真白は目覚めた。お手洗いに行きたくなったのだ。ベッドを出た途端、寒さに襲われる。ばたばたと雨が窓に打ち付ける音が聞こえてきた。今夜は雨なのか。冷えるわけだと思った。

一階のトイレに向かうべく、寝ぼけ眼で少しふらふらしながら、階段を下りた。

廊下は窓から入る街灯の光でほのかに明るかった。窓の前を通りかかった時に、バンという音がした。驚いて音のした方を見ると、濡《ぬ》れた何かが窓に張り付いていた。

慄然《りつぜん》。あまりに恐怖すると声が出ないことを真白は知った。窓の外に人がいて、それが窓ガラスを叩いたのだった。

あの少女だった。雨に濡れた前髪が額にくっついている。頬は土気色で、唇は紫色だ。目の下には深いくまがあって、まるで亡霊だ。

あの少女とわかった途端、真白の恐怖が薄まっていった。心配で上塗りされたのである。

少女は目を剝《む》いている。必死の形相だった。目の端から雨の露が滴《した》って、涙のように見える。少女がぱくぱくと口を動かした。雨音とガラスに遮られ、声は聞こえなかったけれど、唇の形から何を言ったのか真白にはわかった。真白は大急ぎで玄関に走って、扉を開けた。大雨でパジャマがあっという間にずぶ濡れになった。少女のいた場所へ真白は走る。風が強くてうまく走れない。九歳の少女にすぎない真白の体は軽かった。

なんとか家の角を曲がると少女がいた。真白を見つけて駆けてくる。真白も少女に向かって駆けた。何があったのか、聞こうとした。けれど、少女の足が止まった。闇《やみ》の中から伸びてきた手が、少女の腕を摑《つか》んでいたのだ。

男がいた。少女の背後からやってきたようだった。少女が振り返って男の顔を見る。途端、恐怖で凍り付いた。

男は少女の手を乱暴に引っ張って、どこかへ連れていこうとした。少女が震える唇を動かす。窓に張り付いていた時に言ったのと同じ言葉をもう一度口にした。

真白は動いた。男の腕に摑みかかって、叫んだ。

「離して！」

少女を摑む男の手を振りほどこうとした。だが、できるはずがない。相手は成人の男性だ。男は真白を突き飛ばす。真白は転がって、雨の道に頭を打ち付けた。体に力が入らなくなった。真白は倒れたまま、遠ざかる少女を見つめるしかできない。少女に向かって手を伸ばすが、とても届かない。ぼやける視界。雨が滲《にじ》む瞳。だが、少女の姿は最後まではっきり見えていた。彼女は声にならない声で繰り返し続けていた。

——助けて、と。

十一月五日（木）

響く聖歌で目が覚めた。

それで朝の六時だとわかる。天主堂から流れてくる厳《おごそ》かな歌声。

早朝に流れるにもかかわらず、誰もこの歌に文句を言うことはない。それは楓花《ふうか》町が江戸時代には潜伏キリシタンの集落だったことに由来する。十七世紀後半に全国で大規模な潜伏キリシタンの摘発が行われたが、長崎にあるこの地は例外的に摘発を免れた。以来、キリシタンの集う場所であった楓花町には、今もなおキリストへの信仰が根付いている。

透き通った歌声が町に染《し》みていく。個人的な思い出さえなければ、好きな音色だと思う。

真白は高校生になっていた。彼女の一日は聖歌による起床で始まる。毎朝六時から七時までは勉強か体力づくりの時間だ。今朝は法医学の勉強を行うことにした。

七時十五分になったので、学校に行く準備を始めた。身だしなみを整えて、冷凍食品を適当に突っ込むだけの弁当を作る。料理ができないわけではない。中学の時に母が死んでから、料理の基礎は習得した。けれど、自分だけが食べるものに毎朝手間暇かける気にはならないのだ。父が日勤の日はお弁当のおかずを気まぐれで作るときもあるが、今朝は夜勤で帰宅すらしていなかった。

七時四十五分に家を出た。この時間に登校すると八時ぴったりに学校に着く。通学路を行く。冷たい大気に頼りない陽射《ひざ》し。生徒の姿はほとんどない。真白の登校時間は普通の生徒に比べると早い。無遅刻を徹底するためであった。

教室にはいつも通り一番乗り。席に着くと登校前から引き続き、法医学の本を読む。しばらくするとちらほらと生徒がやってくる。HRが始まるまでのわずかな猶予《ゆうよ》で、彼らは楽しげに談笑するが、真白は引き続き勉強をしていた。

授業が始まり、終わる。休み時間も本を読む。それを繰り返す。そうすると昼休みになる。

弁当を食べ終えて、残りの時間で勉強しようと参考書を取り出すと声をかけられた。

「おはよう、真白」

それで真白は今日初めて声を出した。

「もうおはようって時間じゃないわ」

真白に話しかけてきたのは柊木潤《ひいらぎじゅん》という男子だった。中学からの腐れ縁で、真白に唯一《ゆいいつ》話しかけてくる存在である。

真白はたしなめるように言う。

「今日も遅刻ね」

「うん。君と同じ」

「私は生まれて一度も遅刻なんてしたことない」

「将来の夢に一直線なのが同じ。君だって、素行不良の方が警察になるのに有利なら、そうするだろ？」

「別に素行不良でも探偵になるのに有利にはならないでしょ」

　潤の家は探偵をやっている。潤自身も家業を継ぐらしく、探偵に必要な調査能力を身に付けていた。大学に進学するつもりはないようで、学校の勉強を蔑《ないがし》ろにしている。それゆえ遅刻欠席が多い。

　欠伸《あくび》をしながら潤は自席——真白の前——に着く。彼の不真面目《ふまじめ》なところはあまり好きでない。内申点が悪くても潤は困らないのだろうが、だからといって規則を破っていいことにはならないだろう。風紀が乱れてしまう。非難を込めた目で彼の顔を見つめる。そこで気付いた。潤の頬に線状の傷が三本、並行して走っている。

「アンタ、頬……」

「ん？　ああ」

　と言って潤は赤い傷に手をやった。

「これね」

「どうしたの」

「昨日、失《う》せもの探しの依頼でちょっとね。猫だったんだけど、捕まえる時に引《ひ》っ掻《か》かれたらしい」

潤は頬を押さえながら照れ笑いをしてみせた。

「…………」

夜遅くまで猫を探していたらしい。

真白は机の横にかけてある鞄《かばん》を手に取ると、中から絆創膏《ばんそうこう》を取り出した。それを見て潤が言った。

「いいよ、もうかさぶたになりかけてる」

「かさぶたの上から貼《は》るの。外部刺激から保護できるから。病院、ちゃんと行きなさいよ」

「大丈夫だよ。飼い主は狂犬病ワクチンとかちゃんと打ってるって言ってたし」

真白は聞いた。

「失せもの、ちゃんと見つけられたのね」

「ああ。引き渡す時、飼い主がすごく喜んでたよ」

「そう」

真白は絆創膏を剝離《はくり》紙から剝がす。潤が変なことを言った。

「なんで君がそんなに嬉しそうにしているんだ」

「嬉しそうに？　してないわ」

「頬」

言われて頬に触れてみると、口角が上がっていたことに気付いた。

「……他人事《ひとごと》でも嬉しいじゃない。ちゃんとペットが見つかったって話は。猫も……今頃はアンタに感謝してるわよ」

弁解みたいに言った。潤は柔らかく微笑《ほほえ》んでいた。

「真白が警察官になるの、楽しみだな」

「なんでよ」

「いい刑事になると思う」

「なるわよ。そのために毎日頑張ってるんだから」

「そういうことじゃなくてね」

そこで潤の言葉は切れた。真白は潤の頬に絆創膏を貼った。一枚では足りなかったので二枚。

潤が羨《うらや》ましかった。

真白は人と話さない。その時間を警察官になるための勉強や体力づくりに当てたいからだ。

それでも潤とだけは話す。彼のやっていることが少しだけ警察と重なっているからだ。まだ勉学に励むしかない真白と違ってすでに誰かの役に立っている彼のことを、言葉にはしないがほんの少しだけ尊敬もしている。

「失せもの探し、か」

夜。勉強を切り上げた真白は伸びをしながら呟《つぶや》いた。夜通し捜索したら、潤はちゃんと失せものを見つけられたという。

壁掛け時計を見つめる。時刻はもう夜の九時を過ぎている。

「…………」

部屋のコートラックからコートを取ると、羽織った。机の上に置いてあったスマホをポケットに入れようと手を伸ばすと、ちょうどメッセージを受信した。潤からだった。

『女の子なんだから、夜歩きはやめておきなよ』

真白は思わず小さく笑った。

『このストーカー』とメッセージを返すとスマホをポケットに滑り込ませた。すぐにまたメッセージを受信したが、どうせいつものように『ストーカーじゃない。探偵だ』と返ってきただけだろう。けれど、女の子の行動をここまで把握してきたら、もうストーカーだと思う。

昼間のやりとりから、潤は真白の夜の動向を察したのだろう。だって彼は、真白がずっと失せもの探しをしているのを知っている。

家を出た。頬に当たる風は白刃《はくじん》みたいに鋭い。

街灯がぽつぽつと灯《とも》る道を歩く。

もう八年も前のことなのに、ずっと心残りになっている。あの夜、あの少女を助けられなかったことが。

あの雨の夜。どうにか起き上がった真白はすぐに周囲を探したが、少女も男も見つからなかった。

真白は家に戻ると、母を起こして——父は仕事でいなかった——自分が見たものを話した。けれど、怖い夢を見たのだろうと信じてもらえなかった。むしろ大雨の中、外に出たことをたしなめられてしまった。母は雨に濡れた真白にシャワーを浴びさせると、再び眠ってしまった。

父にも相談したかったが、そのころは特に忙しかったらしく、ろくに家に帰ってきていなかった。だから、真白は自分で少女の後を追おうと思った。事件の翌日、少女の家に向かった。

けれど、少女の家にはもう何もなかった。

庭に立っていたのは、売家の看板。どこかへ引っ越したらしい。

空っぽの家。

自分にはもうなんにもできないんだと感じた。

それから八年が経ち、現在に至る。

今にして思えば、母の言うことが正しかったのかもしれない。つまり、夢。亡霊のような少女のことも、雨の冷たさも、突き飛ばされたことも、彼女を探して必死になったことも鮮明に覚えている。けれど、鮮明な夢だったのではないかと言われたら、何とも言えない。幼いときは映画やアニメで見たことと現実がごっちゃになりがちだ。ならば、怖がりな九歳の女の子が見た悪夢でないとどうして言い切れよう。

そう思ってなお真白は時々、夜の町を歩く。

まだ夢の中にいるのかもしれない。夜の町には、あの女の子がいる気がする。助けを求めている彼女に会える気がするのだ。

また彼女の家の前にいる。売家の看板はなくなっている。今は別の家族が住んでいる。

真白は嘆息した。白い息が口の前で広がった。

「くだらない」

自分の馬鹿《ばか》さ加減にうんざりする。彼女はどこかに引っ越した。この町にいるはずがない。

私の失せ者は探したって見つかることはないのだ。

つくづく諦めが悪いと思う。自己研鑽《けんさん》にしたってそうだ。あの夜のことが悔しくて、自分を鍛え始めた。そうして強くなったし、賢くもなった。けれど、どれだけ鍛えてもあの日の少女は救えない。ならばこんなものは自己満足か自己憐憫《れんびん》でしかない。

ぽつり。手の甲に小さくて冷たいものが落ちてきた。雨粒だ。迂闊《うかつ》にも今晩は天気予報を見ていなかった。本格的に降られる前に帰ろう。

真白は家に背を向ける。その時、視界の端に何かを捉《とら》えた。

ハッとした。

視界の端で揺れていたのは、腰まで届くゆるやかな長い髪。特徴的なウェーブには見覚えがあった。

困惑する。いや、そんなはずはない。けれど……。

それはあの女の子のように見えた。

視界に映ったのは一瞬で、少し遠目で、しかも後ろ姿だった。住宅街の角を曲がって、すぐに姿を消してしまった。

咄嗟《とっさ》に真白は駆けだしていた。

少女を追って、角を曲がる。

十メートルほど先にまた少女の姿を捉えた。やはりあの時の少女だと思う。

駆ける。少女が近くなる。

真白の足音に気付いたのか、少女がちらりとこちらを見た。その横顔で疑念は確信に変わった。

間違いない。あの子だ。八年分の成長はしているが、顔つきは全く同じだった。

ただ、少女の視線は好戦的だった。

少女はこちらに体ごと振り向いた。そして敵意を剝き出しにして、真白を睨《にら》んだのだ。

怯《ひる》んだ。真白の知る少女らしからぬ反応だった。あのおっとりした彼女とはとても……。

少女は低くてはっきりした声で、真白に言った。

「なんだお前」

警戒されている。突然追いかけてきた真白を不審者と思ったのだろう。

「怪しいものでは……」

駄目だ。こんな言葉じゃ逆効果だ。真白は慌《あわ》てて別の言葉を探した。

「覚えてませんか？　私です、真白です」

けれど、少女が警戒を解くことはなかった。眉間《みけん》にしわを寄せてこちらを睨んでいる。

「知らないな。そんなやつ」

それで真白は気付いた。名前を名乗っても意味はないのだ。自分たちは互いの名を知らずに遊んでいたのだから。

「八年前、公園で遊んだ。家にも行った。ピアノも……」

「ピアノ……」

その単語に反応して、少女の目が見開かれた。ほんの少し警戒が和らいだように見える。少女は口元を押さえて言った。

「……ああ、そっちか。確かにそんなやつがいたな」

そっちという言葉が少し気にかかったが、それよりも思い出してくれたかどうかが大事だった。

「思い出してくれましたか？」

「ああ、説明されてやっとな」

そう言うと少女は真白の方へ歩いてきた。かつ、かつ、かつ。高いヒールがアスファルトを叩く。背は真白より高かった。

真白は矛盾したものを覚えていた。この少女、見れば見るほどあの少女で間違いないと確信する。なのに、見れば見るほどあの少女ではないかもしれないという疑念が深まる。

見た目は間違いなくあの子だ。顔立ちだけじゃない。ピアノを弾いていた細くて綺麗な指も同じ。

だが、この佇《たたず》まいや雰囲気、言葉遣いはなんだろう。八年前のおっとりとしたところは影も形もない。とても堂々としていて、物おじせず、語調が強い。八年あれば人は変わるだろうが、こんな反転じみたことが起こるだろうか。

それに、服装にも違和感があった。フレアコートも、高いヒールの靴も、手にしているバッグも、どれも普通の女子高生には手が届かないブランドものだ。ひどく大人な感じがする。そう、大人なのだ。目に宿る光も、メイクのセンスも、自分よりずっと年上のものに感じる。けれど、体の薄さはどう見ても同年代のそれだった。

真白は思わず聞いてしまった。

「本当に……あの時の子?」

少女が楽しそうに笑った。

「なんだよ。お前がそう言ったんじゃないかよ」

何を意図しているのか、読み切れない笑みだった。

「安心しろよ。お前は間違っちゃいない。なんなら思い出話でもしてみるか?」

そうだ。間違っていない。絶対あの子で間違いない。けれど、この佇まいは……。

混乱しそうな頭。聞きたいことがたくさん、濁流みたいに溢《あふ》れてくる。その中で一つだけを選び出した。

この子があの子なら。何よりも聞きたいこと。

「八年前……」

「うん?」

「真夜中に私の家に来ましたよね。それで助けてって言いましたよね」

ううむと唸って、少女は額に指を当てた。

「ああ。思い出した。言った言った。ちょうど今日みたいに雨が降ってた」

「ずっと気にかかってたんです。その……今更ですが、何があったんですか。大丈夫でしたか」

少女は答えない。ただ真白を見ているだけだった。雨が少女の前髪を濡らして、滴《しずく》がしたたっている。

「……なんで何も言わないんですか」

「言わないんじゃなくて言えない」

「どういう意味」

「それに答えたら、言ったのと同じだ」

真白は、もう一度尋ねた。

「ねえ、大丈夫だったんですよね。そうやって……元気そうなんですから」

少女は少しだけ視線を泳がせた。口にすべき言葉を探しているように見えた。けれど、結局見つからずに終わったらしい。

「そろそろ行かなきゃ。雨にも降られてるし、パパに心配かけちまう」

少女は真白に背を向けた。

「まだ助ける気があるなら探してよ」

真白に背を向けたままで、少女は手を振った。そしてぽつりと告げた。

「一ノ瀬紫音《しおん》を」

それはきっと、知りたかった彼女の名前だった。

「待って。探してってどういう意味……」

真白は紫音を追おうとした。彼女はすでに十字路の向こうに行っていた。真白も十字路を渡ろうとすると、けたたましくクラクションが鳴った。トラックが来ていたのだ。慌てて飛びのく。数台のトラックが十字路を通過して、紫音の姿を遮る。車が全部通り過ぎた頃には、彼女の姿は消えていた。

十一月六日（金）

その日の授業はあまり頭に入らなかった。

放課後になったが、真白の動きは鈍かった。鞄を手にすることなく、昨夜のことを考えている。紫音の言葉が澱《おり》みたいに頭に残っていた。

——まだ助ける気があるなら探してよ。

その言葉は、危険が現在も継続していることを意味する。

警察に通報するべきだろうかと過《よぎ》りもしたが、考えが飛躍していることにすぐに気付く。何が起こっているかもわからないではないか。単にからかわれた可能性だって、否定できない。

紫音の置かれている状況が知りたい。でも手掛かりは相手の名前だけ。これだけでは探しようがない。

思い悩んでいると視線を感じた。

「何やら物憂《ものう》げだね」

潤が真白を見ていた。

それでふと思い当たった。

「ねえ、アンタ。一ノ瀬紫音って知らない？」

探偵である潤なら何かわかるかもしれない。

「一ノ瀬紫音……」

潤は指を口元に当てながら、視線を上に向けた。何かを懸命に思い出そうとしているようだ。しばらく待ってみるが、一向に言葉は出てこない。それで真白は手のひらを潤に向けて言った。

「ごめん。いくらアンタでも知るわけないわよね。忘れてちょうだい」

「いや、知ってるよ。この学校の同級生だからね」

「えっ」と思わず真白は間の抜けた返事をしてしまった。

「この学校の生徒の基礎的なデータは、入学時に頭に入れてあるんだ。名前を言われればすぐわかるよ」

まさか同じ学校の生徒だったとは。けれど一度も見かけたことはない。

「一ノ瀬紫音はD組にいる地味な子だ。他人に決して話しかけず、孤立している」

D組と聞いて合点がいった。この学校はクラスによって校舎が違う。AおよびB組は東館、CおよびD組は西館で授業を受けるのだ。校舎が違うと同学年でもほとんど接点がない。真白はA組だから、D組の紫音を見たことがなくてもあまりおかしなことではなかった。

それよりも真白が気にかかったのは別のこと。

「なんでうまく思い出せないような顔をしてたのよ」

「そこなんだ」と潤はよくぞ聞いてくれたといわんばかりに頷《うなず》いた。

「一ノ瀬紫音の基礎データはすぐに思い出せたんだけど……何か忘れてるんだよ。一ノ瀬紫音って、何かあったんだよな」

「何よそれ。気になるじゃない」

潤は眉間に皺《しわ》を寄せて腕を組む。

「……ごめん。ど忘れしたみたいだ」

まあ、忘れるのも無理はないように思う。他クラスの、しかも校舎の違う生徒の情報だ。重要度も低いのだろう。

「帰ったら一ノ瀬家の身辺調査でもしてみるか……」と潤は呟く。潤の調査能力で身の回りを調べられるなんて、ぞっとしないなと真白は思いながら席を立った。向かうのはD組だ。もしかするとまだ紫音が教室にいるかもしれない。


西館に入り案内板を見る。二年D組は三階にあった。階段を上って教室に向かう。下校する生徒たちとすれ違った。

D組の教室に近づくと、きゃははと騒ぐ声が聞こえてきた。

教室の扉は閉められていた。扉に付いている窓から中をのぞくと、まだ数人の生徒が残っていた。男子が二人、女子が三人。教室の後ろの方で、倒れた大きなゴミ箱を囲んではしゃいでいる。

「ちゃんと撮れてる?」「撮れてる撮れてる。パンツまで見えてるし」「桜子、もっと押し込め押し込め」「ほら、入れよ」「これインスタ上げたら絶対ウケるよね」「馬鹿。燃やされるからグルチャにしとけ」

ゴミ箱を囲む男女の足。その隙間《すきま》からゴミ箱から飛び出ている二本の脚が見えた。片方は上履きが脱げている。

——いじめだ。

即座に体が動いていた。扉に手をかけて、叩きつけるように開ける。バンとすさまじい音がして、男女が一斉にこっちを見た。一様にきょとんとしている。一人が呟くように言った。「誰?」

真白はつかつかと歩いていくと、ゴミ箱を撮影していた男子からスマホをひったくった。

「おい、なにす……」

それを思い切り床にたたきつける。小爆弾が破裂するような音がして、中身が飛び散った。床にも傷がついた。

その瞬間、スマホを取られた男子がキレた。

「テメエ、ざけんじゃねえ!」

真白に殴りかかってくる。向こうも頭に血が上っているようだった。相手が女子であるにもかかわらず——あるいは元から気にしない性分かもしれないが——振り上げた拳《こぶし》は真白の顔面に狙《ねら》いをつけていた。

それを真白はわずかに体を動かしただけでかわす。そして空ぶりした手を掴む。もう一方の手で男子の胸ぐらを引き寄せ、真白自身の体を反転させると、男子を背負い投げした。

中学までは柔道と剣道をやっていた。今も体力づくりは怠っていないから、並みの男子には負けない。

打ちどころは考えてやるが、加減はしない。思い切り背中を床に叩きつける。がひゅっと男子が奇妙な音とともに息を吐き出した。肺の中はきっと空っぽになっている。男子は起き上がることもできず、床で転がるように呻《うめ》いていた。

他のいじめっ子たちは声もないようだった。けれど、二人目の男子が動いた。

「お前！」

また殴りかかろうとしてくる。真白も臨戦態勢を取るがそこまでだった。残っている女子が、男子に抱き着いて止めていた。

「離せっ……」

「やめて……」

女子の口調は深刻だった。ただならぬものを察したのか、男子の頭は少し冷えたらしい。強引に身をよじって振りほどこうとしていたのをやめて、女子に怒鳴る。

「なんでだよ！」

「こいつ、A組の美澄《みすみ》だよ。キレさせたらマジヤバい」

キレさせたら？　もうキレてる。

「うちの兄貴もA組男子シメようとしたときに半端《はんぱ》なくやられてるから。関わんない方がいいよ」

女子の懸命の説得を男子は聞くことにしたようだった。彼は舌打ちをした後、真白に背を向けた。そして倒れている男子に肩を貸して立ち上がらせる。どうにか男子は起き上がれたが、まだ喘鳴《ぜんめい》していた。

去っていく五人に真白は警告した。

「こんなくだらないこと、二度としないことです。次はこんなものでは済ませませんよ」

いじめっ子たちは何も言い返せない。けれど、女子の一人は最後まで真白を恨めしそうに睨んでいた。

彼らがいなくなった後、真白はため息を吐《つ》いた。あんな連中、学校から放逐すべきだ。学校側がいじめた側を退学させられるシステムを早々に取り入れるべきだと常々思っている。

ゴミ箱を見下ろした。大きなプラスチックの燃えるゴミの箱に、女子がくの字に押し込まれていた。

押し込められている女子が喋《しゃべ》る。

「ねえ、ゴミ箱ごっこは終わり？」

乱れた長い髪が顔を覆《おお》っている。

真白はしゃがむとゴミ箱から女子を引っ張り出した。かなり無理やり押し込められていたらしく、ゴミ箱から体を引き抜くのに苦戦した。

ようやく引きずり出した後、真白は言った。

「大丈夫ですか？」

「うん？　大丈夫だよ。楽しかったね、ゴミ箱ごっこ」

「……あなた、いじめられてたんですよ」

「えっ、そうなの？」

「そうです」

「なんだ……。やっぱりいじめだったんだ……」

遊びだと言い含められていたのだろうか。この少女、少し鈍いところがあるようだ。

真白は少女の乱れた髪を整えてやった。埃《ほこり》を取り、顔にかかっている長い黒髪を払う。

それで少女の顔が見えるようになる。

「えっ……」

驚愕《きょうがく》した。その顔に見覚えがあったからだ。

「一ノ瀬……紫音」

黒いカーテンの間から現れたのは昨日の少女――一ノ瀬紫音――だった。

真白に名を呼ばれて、紫音はきょとんとした。

「私のこと、知ってるの？　……あっ！」

そこで紫音も驚きに目を見開いた。

「真白！」

そう言うと、紫音は真白に抱き着いてきた。

「えっ……あっ……」

真白は戸惑った。まさかいきなり抱き着かれるとは思っていなかったのだ。けれど、少女に触れられた瞬間、言いようのない懐《なつ》かしさが込み上げてきた。感触に、香り。体がこの子のことを覚えていた。真白も少女の背中に手を回した。

「ずっと待ってたんだから」と紫音は言って、真白に頬ずりした。

「ああ、懐かしいなぁ。本当」

「ええ、本当に……」

しばらく抱きしめ合っていた。

やがて真白の方が口を開いた。

「昨日も会いましたね。早く見つけられてよかった」

すると抱き着いていた紫音が、真白から離れて小首をかしげた。

「昨日？」

「ええ。昨日の夜、住宅街、で……」

言葉がしぼんで、消える。

目の前の紫音に違和感があった。昨日と雰囲気が違う。堂に入った振る舞いや、傲慢《ごうまん》なものを感じさせない。真白を子犬のような目で見上げている。背も真白より低い。昨日の紫音はヒールを履いていたから背が高くなっていたのだと気付く。

紫音が言う。

「昨日は会ってないけど……」

真白は返す言葉に困った。困惑のせいで、再会を喜ぶ気持ちもぼやけていく。

「でも、昨日、あなたにそっくりな人に会って……」

そこで気付く。

「……ああ、もしかしてお姉さんですか？」

きっと双子《ふたご》の姉がいるのだ。それならば見た目がそっくりだけど性格が違うことの説明がつく。けれど、紫音はそれを否定した。

「ううん。私にお姉ちゃんなんていないよ。真白が昨日会ったのはママだと思うな」

「……は？」

真白には、紫音の言葉の意味がわからなかった。

「ママ……？」

「うん、ママ。私は夜、出歩かないからね。でも、ママはたまに夜に外に出るの。だから、夜に私に似た人に会ったとしたらそれはママだよ」

紫音の言葉の意味がうまく呑《の》み込めないままで、真白は尋ねた。

「私が昨日会った女性が……あなたのお母さんだといっているんですか」

「そうだよ。それしかないもん」

「……そんなこと、ないと思いますけど」

真白は昨日会った女性の姿を思い出す。

「だってすごく若かった」

「うん。まあね。ママ、すっごく若くて綺麗《きれい》なの」

そう言われても、真白は信じられずにいた。あの人は、体形も肌艶《はだつや》も自分と同年代としか思えなかった。

真白は昨日の少女の容貌《ようぼう》を詳細に思い出そうとしたが、無理だった。彼女と話をしたのは夜だったから、薄暗くて肌のきめまで見えたかと言われれば自信がないし、コートで厚着をしていたから体格についての推測も確実性に欠ける。人の記憶など曖昧《あいまい》なものだ。逃走車両の色さえ目撃者はろくに覚えていない――それどころか全く違う色を言う――ことが多いと真白は学んで知っている。

けれど、確実に記憶していることもまたある。昨夜の女性が身を包んでいた高級ブランドの数々、大人っぽいメイク。それに堂に入った態度。あれらは逆に彼女が大人の女性であることの裏付けになるのではないか。

まだ混乱している真白に、今度は紫音から声をかけてきた。

「そんなことよりさ」

それで真白の意識が現実世界に引き戻される。

「久しぶりにゆっくりおしゃべりしたいな」

彼女はそう言って、八年前と同じ穏やかな笑みを浮かべた。

何度聞いても紫音は昨日の女性を母と言った。からかわれているのかと思いもしたが、どうにも紫音が嘘《うそ》を吐いているようには見えない。だから昨夜の女性のことは、ひとまず紫音の母ということで納得することにした。

教室に残って、他愛のないおしゃべりをする。未《いま》だ再会の興奮が冷めない紫音が身振り手振りを交えながら言った。

「びっくりしたんだよ、入学式。だって真白がいたんだもん。すっごい偶然って思った」

どうやら紫音の方は、真白が同じ学校にいることを知っていたらしい。それを知った時に真白の名前も調べたのだろう。

「話しかけてくれればよかったのに」

「ねー、私も話しかけたかったよ」

「まるで話しかけることができなかったみたいな口ぶりですね」

真白の言葉に紫音は答えなかった。彼女は真白を見つめていた。

「ずーっと遠くから見てたんだ、真白のこと」

それを聞いて、嬉しいような、恥ずかしいような気持ちになった。

紫音は子供のように無邪気な笑みを浮かべている。このまま楽しい話だけをしていたいが、聞いておかなければいけないことがあった。

あの夜のこと。

「ねえ、紫音。八年前のことなんですが……」

「うん？　何？」

「夜遅くに、私の家に来たことがありますか？　酷《ひど》い雨が降ってた……」

「うん。行ったよ」

真白は緊張した。あれは夢ではなかったらしい。だとしたら……。

「助けてって言ってましたね」

「言った」

「紫音、いったい何があったんです。あの男の人は誰だったんですか」

紫音は微笑みを湛《たた》えたまま言った。

「なんでもないんだ」

目の前でぴしゃりと扉を閉められたような気がした。

「私の勘違い。助けてもらう必要なんて全然ないことだったから」

「……そうですか？　でも昨日の人……お母さん……が言っていましたよ。助ける気があるならあなたを探してって」

「本当になんでもないよ。ママもなんでそんなこと言ったのかな。よくわかんないんだよね」

真白は紫音を探るような目つきで見た。もしかしたら助けを求めたいけれど、それができない状況にあるのではと思ったからだ。真白には父親譲りの観察眼がある。けれど、紫音が嘘を吐いている様子は、やはりない。母親が何故《なぜ》意味深長なことを口にしたのか、本当に見当もつかないという風である。

「本当に何もないんですね？」

「うん。本当だよ」

「……わかりました」

真白は天井を仰いで、息を吐いた。

これで肩の荷が下りたはずだった。八年間、ずっとわだかまっていたことが消えたはず。

……信じよう。本人がなんでもなかったと言っているのだ。

真白が一抹の不安を抱いているのをよそに、紫音がニコニコしながら話を続ける。

「真白の噂《うわさ》、D組まで聞こえてきてるよ。中学生の時に、高校生の怖い先輩倒したって。かっこいいね。さっきも助けてくれたし」

それを聞いて、真白は思わず体を跳ねさせた。

「かっこよくなどは……。力に頼ってしまったのは、むしろ恥ずべきことですから……」

「あ。真白、赤くなってる。本当に恥ずかしいんだ」

言いながら紫音が頬を突いてくる。

「や、やめてください、からかうのは……」

そこからは、本当の意味で楽しい話に興じることができた。窓から赤い陽光が射す中、真白は紫音を見つめていた。おっとりした喋り方や穏やかな振る舞い。彼女こそが八年前に友達だった少女だった。八年間の空白などなかったかのように、二人は友達に戻ることができた。

会話の中で、真白は八年前のクリスマスのこと――何故あの日、来てくれなかったのか――も聞こうかと思った。

けれど、結局やめた。今更聞いても仕方ない。まるでねちねちと責めるみたいになるじゃないか。こっちはもう怒っていないのだから、あのことには触れずにここから新たな関係を築いていくべきだろう。向こうだって悪気はなかったのだろうし。

気付けば日が沈んでいた。教室の時計を見ると五時半だった。

「そろそろ帰らなきゃ」と紫音が言った。

「まだ五時半ですよ？」

「六時が門限なの。六時までに家に帰っておかないと。パパが怒っちゃう」

女子高生にしては早い門限だなと思った。

まだ話していたかったので紫音を家まで送ることにした。

隣を歩く紫音。髪があまり手入れされていないように見えたのが気になった。

紫音の現在の家は学校から十五分ほどのところにあった。二百坪はありそうな庭が特徴的だ。楓花町は土地代が安いが、それにしてもこの広大さではかなりの値段になるはずだ。

庭は草が刈り取られているだけで、手入れは最低限しか行われていないようだった。ガーデニングをしているとか、家庭菜園があるということもない。広い庭の中心にぽつんと洋風の家が建っていた。

「広い庭はパパのこだわりなの」と紫音が言った。

その割には殺風景な庭だと真白は思ったが、言えるはずもない。

鉄の門を開けて、紫音が中に入る。その直前で真白へと振り向いた。

「ねえ、また遊んでくれる？」

「もちろん」と答えると紫音の表情が明るくなった。

「また学校で会いましょう」

「うん。お昼休みも一緒にいられたらうれしい」

家に入っていく紫音の背中を見送る。

扉が閉じられる。自分も帰ろうと背を向けようとした瞬間、どうしてかまた扉が開いた。紫音が顔を覗《のぞ》かせて、真白に言った。

「月曜日はお弁当、持ってこないでねー！」

どうしてですかと聞く前に扉は再び閉じられてしまった。

……とりあえず、月曜日は弁当を持っていかないことにしよう。

帰り道、六時の聖歌が聞こえてきた。

十一月九日(月)

言われた通り、今朝は弁当を作らなかった。浮いた時間は、筋力トレーニングを行った。基礎トレーニングの後、朝食代わりのプロテインを飲む。

四時間目終了のチャイムが鳴る。食堂に向かう生徒に紛れて、真白も教室を出た。西館に入り、D組に向かうと、途中の廊下で紫音と出くわした。

「あ、真白」と紫音は顔をほころばせる。彼女は包みを二つ手にしていた。

「ちゃんとお弁当、持ってこないでくれた?」

「ええ。仰《おお》せの通りに」

包みを見て、真白は柔らかに目を細めた。

「私のためにお弁当を?」

「うん! 真白が喜んでくれるかなって」

胸の奥から温かい気持ちが込み上げてきた。こんなの、嬉しいに決まっている。

「どこで食べよっか。やっぱり食堂かな?」

紫音の言葉を受けて真白は考える。

「食堂ですか……」

食堂の混雑ぶりと騒々しさを頭に描いた。

「あそこは人が多いから、落ち着かないかもしれませんね」

食堂よりも良い場所に、真白は心当たりがある。

「せっかく一緒に食べるなら、静かに話ができる場所に行きましょう」


東館の屋上に出るドアは施錠《せじょう》されている。しかし、その鍵《かぎ》は壊れていてドアノブを特殊な捻《ひね》り方をすると開いてしまう。真白だけの秘密の場所だ。

扉を開けて屋上に出た。風が少し冷たいが、昼時なので陽射《ひざ》しは暖かい。

「屋上なんて初めて来た」と紫音が驚く。

「生徒には開放されていませんからね」

かといって、立ち入りを禁止する規則があるわけでもなかった。

二人は青いベンチに並んで腰かけた。

「こっちが真白の分のお弁当」

紫音は二つの包みのうち、白地に花柄のものを真白に渡した。

「ありがとう」と受け取って、膝《ひざ》の上に置く。包みを開けると愛らしい動物が描かれたお弁当箱と小さなスープジャーが姿を現した。

「早く開けて。今日のは自信作なんだ」

そわそわしている紫音を微笑《ほほえ》ましく思いながら、真白は弁当の蓋《ふた》を開ける。そして思わずつぶやいた。

「あっ、かわいい……」

一番に目を引いたのは、二つのおにぎりである。うさぎとパンダの顔を模していた。海苔《のり》やハムを綺麗にカットして飾り付けることで、目や耳を作っている。

たこを模したウインナーも入っている。カットして足を作っただけのものではない。黒ゴマで目を、カマンベールチーズで口を表現していた。

他のおかずはサラダと、ハートの形をした卵焼きだった。

どれもシンプルなデザインながら愛らしく、作り手のセンスの良さを感じさせた。

「器用なんですね。これならキャラ弁も作れそう」

「えへへ……」と紫音は照れ笑いをした。

二人でお弁当の前で手を合わせる。

「いただきます」と一緒に言った。

お弁当は見た目がかわいいだけでなく、とてもおいしかった。

「この卵焼き……。どうすればこんなにおいしくなるんですか？」

「ふふ、気に入ってくれた？」

「今日まで食べてきた卵焼きの中で一番おいしいかもしれません」

「じゃあ、私の分もあげるよ」

紫音は、箸《はし》で自分の卵焼きをつまむと真白の口の前に持ってくる。

「あーんして」

「あー……」

ちょっと恥ずかしくなった。誰もいない屋上なのについつい周りに視線を巡らせてから口を開ける。卵焼きが舌の上に乗るのを感じた。優しい甘味が広がった。

「おいしい？」

「ええ、とっても」

紫音はニコニコしている。

「スープジャーも開けてみて。カブとショウガのお味噌汁《みそしる》だから、体があったまると思うの」

蓋を開けると湯気の立ちのぼる味噌汁が現れた。いい匂《にお》いがして食欲がそそられる。飲んでみたらこれも絶品だった。

「こんな味噌汁だったら、毎日だって飲みたいです」

真白の素直な感想に、紫音は手を合わせて喜んだ。

「じゃあ、毎日作ってきてあげるね」

「さすがにそれは申し訳ないですから……。そうだ、明日は私がお弁当を作ってきますよ」

「真白が私にお弁当を？」

「……まあ、紫音ほど上手には作れないと思いますけど」

「ううん！　真白の手作りお弁当、絶対おいしい。楽しみ！」

お弁当を食べ終えた後、真白が聞いた。

「この間の連中はどうですか。またいじめられてませんか」

「うん。大丈夫」と紫音が両手で握りこぶしを作った。

「いつものみんな、今朝から何もしてこないんだぁ」

おそらくは真白の影におびえているのだろう。その様子ならもういじめられることはなさそうだが。

「万一何かあったら、こう言ってやりなさい。美澄真白に言いつけるぞと」

「それを言うとどうなるの？」

「悪いやつらがいなくなります」

「魔法の呪文《じゅもん》だね」

くすくすと二人の小さな笑い声がした。

羊雲が青い空を覆っている。のどかなお昼休みだった。

十一月十日（火）

早起きをした。今度は真白がお弁当を作るのだ。

お弁当の定番、唐揚げを作ることにした。買っておいた鶏《とり》もも肉を冷蔵庫から取り出すと、まな板の上で切り始める。友達に食べさせる以上、いつもの冷凍食品というわけにはいかない。

唐揚げの他にも、お弁当に入れる惣菜《そうざい》も手作りしていく。卵焼きにきんぴらごぼう。白米の上にゴマ塩を散らし、中央に梅干しを置く。かわいげはない。本当は海苔などで工夫して動物の顔を表現したかったのだが、うまくいかなかったのだ。紫音のようなセンスは一朝一夕で身に付くものではなかった。

「……もう少し、料理の勉強もすればよかったかな」

昼休みに真白は屋上で紫音にお弁当を食べてもらった。少し、緊張と申し訳なさがあった。自分の弁当は紫音が食べさせてくれたものに比べたら、数段見劣りする。がっかりされないかと不安だった。

けれど、卵焼きを口に入れた紫音は、目を真ん丸にして言ってくれた。

「真白、お料理の天才かも」

「それ言い過ぎ」と苦笑した。けれど、紫音の言葉でほっとして、報われたような気持ちになっていた。

この日から二人は、お昼をいつも一緒に食べるようになった。順番でお弁当を作ってくるのがお決まりになった。これまで真白はお弁当作りにさしたる情熱などなかったのだが、紫音が食べると思うとモチベーションが湧《わ》いてきた。どんな工夫をするか考えるのも楽しかった。

昼休みだけでなく、放課後も一緒に過ごすことが増えていった。

十一月十四日（土）

もう少しくらい、遊んでおけばよかった。

思えば自分は暇な時間は自己研鑽《けんさん》ばかり。特に高校生になってからはほとんど遊んだ記憶がない。潤に連れ出されたことが数回あったくらいで、それだって社会勉強と考えていた。遊んだ、という感じではない。

「ああ、もう。どうすれば」と夜の自室で真白は頭を掻《か》きむしった。

彼女が見つめているのはスマホの画面だ。映っているのは紫音とのトークルーム。再会してすぐにラインを交換していた。

紫音からのメッセージを読む。何度読みなおしたかわからないが、もう一度読む。

『日曜日、楽しみにしてるね』

明日の日曜、紫音と遊ぶ約束をした。あまり深くは考えずに約束してしまった。学校でお弁当を食べるのと同じ感覚だった。

けれど、後になって気付いた。休日を共に過ごすということは、学校でお弁当を食べるのとは全く違うことに。

どこへ行けばいいのか。何をして遊べばいいのか。

女子高生が普通どこに遊びにいくのか、女子高生なのにわからない。

ネットで検索してみた。「女子高生　遊ぶ　どこ」「女の子　遊ぶ　何して」「デート　女の子　喜ぶところ」

たくさんヒットした。カフェ、映画館、遊園地、美術館、博物館、水族館、アミューズメント施設……。

どれも正解に見える。多すぎる選択肢は却《かえ》って不自由だと思った。どれも不正解に見える。

終《しま》いには書籍の情報なら信じられると思い、本屋に赴いてデートスポット大事典なる本まで買ってきた。が、あまり役には立たなかった。精読したが、つまるところネットの情報と大差なかった。

「かくなる上は……」

溺《おぼ》れる者は藁《わら》をもつかむというのは真理だと思う。真白は一か八か、潤に通話をかけていた。すぐに相手は通話に出た。

「どうした、真白。君から連絡なんて珍しいじゃないか」

「ねえ、アンタ。デート行くならどこ行きたい？」

「ええっ」と通話口の声が上ずった。

「……もしかして誘ってる？」

「冗談。明日、紫音と遊びに行くのよ。でもどこに連れてくか決められなくて」

「なんだ。そういうことか」

潤は紫音のことを知っている。真白が八年間、紫音を探していたことは彼にも話していた。だから再会できた時も潤には報告し、紫音のことも紹介していた。

「あのさ、僕にわかるわけないだろ。女の子が喜ぶ場所なんて。同じ女なんだから君のがわかるだろ」

「それがわかんないから電話してるんじゃない。遊びになんて行かないもん」

「君、もっと世界を広く持った方がいいぞ」と呆《あき》れた声が聞こえてきた。

「持ってるわよ。毎日、新聞は全ページ読んでるし」

「なんて視野の狭いやつなんだ……」

「話を脱線させないで。アンタ高校生なんだから一回くらいデートしたことあるでしょ。その時はどこに相手を連れてったのよ」

しばらく通話口は沈黙していた。だが、何か諦《あきら》めたようなため息が聞こえた後、潤は喋り出した。

「洋服を見に行ったよ。僕が初めて女の子を連れ出した時は」

「洋服……。なるほど……」

確かに女子が喜びそうではある。だが、紫音には合わないかもしれない。あまり服に頓着《とんちゃく》していないように見える。

「相手の女の子の反応はどうだったの」

「よくはなかったんじゃないか。微妙な感じだった」

「煮え切らない答えね」

「……悪いけどもう切るよ。これ以上役に立てそうもないし、こう見えて仕事が立て込んでる」

「そう……。時間取らせて悪かったわ。あとはこっちで考えてみる」

通話を切ろうとした時、潤が言った。

「なんか最近の君、いいな」

「？　何がよ」

「一ノ瀬さんと関わるようになってからの君、いいと思う。自己研鑽が悪いとは全然思わないけど、そういう普通なところ見れるとほっとする」

「何言ってるの。私はいつも普通よ。それじゃあ切るわよ」

　おやすみと言い合って、今度こそ通話を切った。

　けれど、まだ寝るわけにはいかない。結局、潤からも答えは得られなかったのだ。

　真白は勉強机に座り、もう一度デートスポット大事典を頭から読み始めた。

　答えが見つからないままに、夜がどんどん更《ふ》けていく。

十一月十五日（日）

「真白、大丈夫なの？」

　遊びに行く当日。待ち合わせ場所である十字架像の前で、紫音は心配そうに真白に言った。

「なんだかやつれてる……」

「いえ、そんなことは」

「よく見たら目の下にクマもあるよ。昨日、ちゃんと寝た？」

「大丈夫。眠りましたから」

三十分は眠った。完徹で出かけるのはまずいと思ってのことだったが、半端に眠ったせいか体は更なる睡眠を求めていた。正直なところ、立っているだけでもしんどいし、動悸《どうき》も変に激しいのだが、せっかく紫音と出かけるというのにみっともない姿は見せられない。

「電車に乗りましょう。動物園に行くんです。水族館でもいいですよ。いえ、遊園地の方がいいですか。紫音はどこがいいです？」

「どこも嫌だよ。そんなふらふらじゃ真白が楽しめないでしょ」

「私はいいんです。紫音が楽しめれば」

真白の言葉が紫音には不服なようだった。まだどこにも出かけてすらいないのに、失敗したのかもしれない。機嫌を取るように真白は言う。

「本当に、あなたが楽しめるところならどこでもいいんですよ」

紫音は少し低い声になって言った。

「私が楽しめればいいんだね」

「ええ」

「じゃあ、こっち」

そう言うと紫音は真白の手を掴《つか》んだ。そして駅とは逆の方向へと引っ張っていった。

着いたのは公園だった。二人でよく遊んだ薄暗い公園。相変わらず子供の姿はない。

「紫音、どうしてこんなところに……」

「真白が言ったんだよ。私の楽しめるところならどこでもいいって」

「こんなところ、楽しめないでしょう」

相変わらずここにはろくな遊具がない。いや、あったところでもう遊具で遊ぶ歳《とし》ではない。

紫音は真白をベンチまで引っ張っていって、座らせた。紫音も隣に腰を下ろす。こんな公園でも一応行政の手は入っているらしく、ペンキは綺麗に塗り替えられていた。

座った途端、意識が一瞬だけ飛んだ。

これはいけない。体が勝手に眠りにつこうとしている。ぐらついた頭が隣の紫音に触れた。慌《あわ》てて姿勢を直す。

「ごめんなさ……」

紫音は返事の代わりに自分の脚の上をぽんぽんと叩《たた》いた。

「ん」

紫音の両の腿《もも》を見つめる。膝枕《ひざまくら》をしてくれるというのだろうか。抵抗はあった。いくら人目がないとはいえ、恥ずかしい。けれど、それ以上に眠気が強かった。とにかく横になりたいという渇望《かつぼう》。ロングスカートに包まれた紫音の脚は柔らかそうで魅力的だった。

「本当にごめんなさい」

真白は紫音の腿の上に頭を乗せた。思っていたよりもふんわりとした枕だった。髪を梳《す》かれているのを感じる。

この公園は、薄暗くて寂しい。だから、眠るのにはうってつけだった。秋風が吹いて、微かに土の匂いがした。

「おやすみ、真白」

その言葉に応じるかのように、真白は眠りに落ちた。

眠ったのは三十分か、長くても一時間くらいだったはずだ。

目覚めた後も真白は頭を起こさなかった。眠る前と同じように紫音が髪を梳いていて、それがなんとなく心地よかった。

先ほどまでの暴力的な眠気はほとんど消えていた。少し寝ただけなのに、かなり回復した感があった。

真白が目覚めたことに紫音が気付いた。

「明け方まで勉強してたの？」

「違いま……。いや、そうです」

「私と遊びに行くって約束してたのに」

上から降ってくる紫音の声は少し怒っているように聞こえた。だから、言い訳をするように続けた。

「どこに遊びに行けばいいか、勉強していました。遊びに出かけたことがないもので……」

髪を梳いていた指が止まった。もっと怒らせてしまっただろうか。言い訳は加速した。

「絶対に失敗したくなかったんです」

指は止まったままだ。怖かったが、首を少し動かして紫音を見上げた。けれど、それで安心した。紫音は全く怒っていなかった。どうしてか、むしろ優しげな表情を浮かべていた。

「……私もね、実はあんまり眠れなかったんだ。勉強じゃなくて、楽しみでだけど。だから、真白が寝てる間、私も少し寝た」

「そうだったんですか。ごめんなさい。全然気付かなくて……」

さっきまでの自分はふらふらしていたから、気付けるはずもなかった。危うく睡眠不足の紫音を連れまわしてしまうところだった。

「静かなこの公園が私たちにはちょうどいいよ。動物園や水族館よりも」

ひどく納得した。ネットや本の情報など所詮《しょせん》は一般論でしかない。そんな当たり前のことに今更気付いた。自分たちがその時行きたい場所に行けばよかったのだ。眠い二人には、暗くて静かな公園がちょうどいい。

横になったまま、公園を眺める。懐かしい味の空気。思えば自分はいつのまにか研鑽ばかりになって、遊ぶことをしてこなかった。遊びは怠惰の証《あかし》と思っていたが、こうしてみると世界が広がったような感覚があった。

——君、もっと世界を広く持った方がいいぞ。

そうしたいと真白は思った。今更クラスメイトと仲良くするのは難しいが、紫音とならそれができる。彼女が自分のことを未だに友達と思ってくれていたのが、真白にはこの上なくありがたかった。

「……紫音のピアノ、もう一度聴きたいです」と真白は言った。

紫音は言った。

「そうだね。また聴かせてあげたいな」

言外に、聴かせてあげられないというニュアンスがあった。

「……もしかしてピアノやめてしまいましたか？」

「そうじゃない。まだ弾いてるよ」

紫音の声には寂しさがあった。

「おうちに真白を連れてくのが難しいと思う。パパがダメって言うと思うから」

「そうですか……」

厳しい家庭らしい。

「どこかの駅にはね、誰でも弾けるピアノが置いてあるんだって。そういうところでなら聴かせてあげられるね」

「ええ。一緒にお出かけしたら見つけられるかもしれません」

もう一度、目をつむった。遠くからいつかのピアノの音色が聴こえてくる気がした。

十一月二十九日（日）

その日も真白は紫音と遊び、彼女を六時前に家に送り届けた。

一人になった真白は駅前の大きな本屋に向かい、法学書を物色した。欲しいものがいくつかあったが、専門書故《ゆえ》にどれも高値だった。お小遣いが入るまでは買えそうにない。

本屋を出た時には時刻は八時に差し掛かっていた。

暗い帰り道を歩いていると、背中を軽く叩かれた。

「よっ」

びっくりして振り返ると、紫音がいた。

「紫音……？　こんな時間に珍しい……」

「嬉しいね。そんなに女子高生に見えるのか？」

真白はまごついた。目の前の女性はどう見ても紫音なのに、口調と声音が紫音ではなかったからだ。よく見ると洒落《しゃれ》た服装をしている。

「……紫音のお母さんですか？」

「お母さんって言い方は好きじゃないな。気軽に怜《れい》って呼んでくれ」

真白はよそ行きの顔を作って、怜に頭を下げた。

「いつもお世話になっております」

言いながら改めて真白は怜を観察した。紫音と間違えたのも無理はない。本当によく似ている。親子というよりは姉妹のようだ。

怜は真白に微笑みながら言った。

「こちらこそ。いつもありがとうね。娘と仲良くしてくれて」

「お礼を言われるようなことじゃありません。友達ですから」

「あの子に友達ができてよかったよ。自分からは他人に話しかけられない子だから」

言って、怜は目を細めた。それを見てようやく真白は、この女性が本当に紫音の母親なのだと信じることができた。娘に友達ができたことを喜ぶ怜の顔には、母親らしい感情が滲《にじ》み出ていた。

「紫音から聞いたよ。この前は公園で一緒にお昼寝したって」

「ええ、まあ……」

「あの子のピアノ、また聴きたいんだってね。膝枕されながらおねだりしたそうじゃないか」

「お、おねだりなどでは……」

思わず真白はスカートの裾《すそ》をぎゅっと摑んだ。気恥ずかしい。紫音はそんなことまで母親に話しているのか。

隣で怜が笑っていた。「初々《ういうい》しいな」

「……あまりからかわないでください」

「悪い悪い。じゃあ、お詫《わ》びに夕食をご馳走《ちそう》しようか？」

「えっ」

怜は手に持っているポリ袋を真白に見せつけるように持ち上げる。中には長ネギをはじめとする野菜や肉などが入っているようだった。

「鍋《なべ》だよ。大勢で囲んだ方がうまくなる料理だ」

遅い夕食だなと思った。これから支度をするなら、食べられるのは九時過ぎになりそうだ。

「もしかして、もうご飯食べちゃった?」と怜が聞いてきた。

「いえ、たまたま今日は私も食べてなくて」

「ならちょうどいいね」

「でも、紫音が言っていました。他人を家に上げちゃいけないと」

「そうだね。パパが人嫌いだから。でも……まあ、どうにかなるだろう。せっかく娘に友達ができたんだ。ここは私が頑張らないと」

怜の誘いに真白は応じることにした。

「では、ご迷惑でなければお邪魔させてください」

紫音と一緒に鍋を食べられたら楽しそうだと思ったのだ。

一ノ瀬家に着いた。広い庭の真ん中に、孤島みたいな二階建ての家が建っている。

家に入ると、玄関口から怜が奥へと呼びかけた。

「ただいま、パパ」

続けて真白も家の奥にいるであろう主人へと声をかけた。

「お邪魔いたします」

怜に続いて、真白は上がり框《かまち》を上がった。そして自分と怜の靴をそろえる。

そこへパパなる人物が出迎えにやってきた。

「おかえり、ママ」

やってきたのは、小綺麗な身なりの男性だった。年齢は四十代に見える。母親と違って若作りではない。てっきり気難しい人物かと連想していたが、華奢《きゃしゃ》な優男《やさおとこ》風だった。

これなら真白の父の方が怖い。

「紫音の友達とそこで会ってね。一緒にご飯を食べたいと思ったんだ」

真白は笑顔を作って、一ノ瀬家の主人へと頭を下げる。

「美澄真白と言います」

一ノ瀬家の主人——信幸《のぶゆき》は柔和な笑みを浮かべて言った。

「歓迎するよ」

だが、真白は見逃さなかった。信幸は笑みを浮かべる前に、わずかに嫌な顔をしていた。拒絶のそれだった。人嫌いと怜が言っていたのを思い出す。

真白は咄嗟《とっさ》に怜を見た。迷惑なら帰るがというアイコンタクトを送ったのだ。怜はそれに気付いてか気付かないでかこう言った。

「よかった。パパも歓迎しているね」

怜は真白の手をがしっと摑んで、家の奥へと引っ張った。

　怜と信幸が鍋の準備を始めた。真白は卵だれの入った器と箸が並べられているテーブルに着いている。手伝おうとはしたのだが、客人は座っていればいいと言われてしまったのだ。一ノ瀬夫婦が仲睦《なかむつ》まじく鍋を作るのを眺めているだけである。

　手持ち無沙汰《ぶさた》だったので、部屋を見渡す。ピアノがあることに気付いた。八年前に紫音が弾いていたものだ。絶対音感があるといって、抜群に上手な演奏を披露してくれた。幼い彼女がピアノを弾いている姿が脳裏に蘇《よみがえ》った。

　真白はネギを切っている怜に尋ねた。

「紫音はどこにいますか？」

　無性に紫音に会いたくなった。

　だが、怜は言った。

「紫音は寝てるよ」

「え？」

「あの子は毎日六時に寝るんだ」

「六時に？」

「早寝なのさ」

　真白は怜の言葉を反芻《はんすう》する。強烈な違和感を覚えていた。そもそも六時に寝るというルーチンが信じがたいが、そこは目を瞑《つむ》ろう。そういう人間がいないとは言い切れない。

だが、これから両親が夕食を食べるのに、そこに娘が参加しない？

言われてみればテーブルに用意されている食器も、三人分だ。夫妻と真白の分だけ。

何か変だ。

真白は鍋の支度をする夫婦を見つめる。鍋はまだ完成する気配がない。

「すみません。お手洗いをお借りします」と席を立った。

怜にお手洗いの場所を教えてもらい、リビングを出るが、真白が向かったのはお手洗いではなかった。

行き先は紫音の部屋だ。まず一階を見て回ったが、それらしい部屋は見つからなかった。けれど、二階に上がってすぐに見つけることができた。ドアの前に『紫音の部屋』というボードが提げられている部屋があったのだ。ノックをしてみるが、返事はない。扉の隙間《すきま》から明かりも洩《も》れていなかった。

「紫音、入りますよ」

断ってから、扉を開けた。紫音が本当に寝ているのならそれでいい。

しかし、暗い部屋には誰もいなかった。ベッドと机以外に何もない殺風景な部屋である。

真白は他の部屋も見て回ったが、どこにも紫音の姿はなかった。

薄闇《うすやみ》の中で、真白は考えた。

家のどこにも紫音の姿はない。じゃあ、紫音が寝ているというのは一体どこで？　外出しているというのも考えにくい。そうなら怜は「紫音は外出中だ」と言うはずだ。わざわざ「寝ている」と言ったことには何か意味があると思えた。

——助けて。

雨音と共に、声にならない声が聞こえた気がした。

いったい紫音はどこに——。

「何をしているんだ」

心臓が口から飛び出るかと思った。振り向くと背後に怜が立っていた。薄闇に光る眼で、真白を見ていた。

「いけない子だな。勝手に二階に上がるなんて」

「ご、ごめんなさい」と言いながら、真白は動悸を落ち着かせようとした。

「それで紫音には会えたか？」

問いは挑発的だった。怜はこの家に紫音がいないことを知っているはずなのだ。

「紫音はいませんでした。寝てるって、どこでですか？」

「この家で寝てるに決まってるじゃないか」

「ですが、この家のどこにも……」

「さ、リビングに戻ろう。二階に上がったなんて、パパに見つかったら大変なことになるよ」

怜に連れられて、真白は一階のリビングに戻った。

ちょうど鍋ができあがるところだった。具材の入った鍋を信幸がテーブルの真ん中に置いた。

鍋が始まった。

「ほら、パパ。あーんして」

いちゃつく夫婦を尻目《しりめ》に真白は紫音のことを考えていた。だが、二人に何かを聞く気にはならなかった。先ほどの応対からして、おそらく答えまい。

帰宅してすぐに、真白はスマホで潤に電話をかけた。コール音が鳴るより早く、相手が電話に出る。

「どうした、真白。最近よく電話かけてくるね」

挨拶《あいさつ》もそこそこに真白は切り出した。

「前に一ノ瀬家の身辺調査するって言ってたの覚えてる？」

「ああ」

「気付いたことはなかった？」

「気付いたこと？」

「今日、一ノ瀬家に行ってきたんだけど何か変なのよ」

「変？　どんな風に」

「怜さん……紫音のお母さんに誘われて鍋を食べたんだけど……。紫音が家のどこにもいないの。でも、母親は『娘はもう寝てる』って言い張るし。仮に私の見落としで紫音がどこかで寝ていたんだとしても、娘を寝かせて両親が食事って変じゃない？」

思案するような沈黙が通話口から流れてきた。

「変って……まあ、そりゃあ変だね」

潤の声には戸惑いがあった。

「どう？　今の話にも気付くところがあった？」

「気付くも何も、一言目から変だよ」

「一言目から？」

「君、怜って言った？」

「うん」

「それって一ノ瀬怜だよね。一ノ瀬紫音の母親の」

「そうよ。それ以外いないでしょ」

「その人、死んでるよ」

「……？」

何か聞き間違えたようだ。だって、そうでないとしたら。

「一ノ瀬怜は八年前に交通事故で死んでる」

「……死んでるって。死亡ってこと？」

「そうだよ。それ以外の意味はないだろ」

「ありえない」

気付かず声が大きくなっていた。

「さっきまで一緒だったのよ」

「そっちの方がありえないよ」

スマホの受信音が鳴った。潤からURL付きのメッセージが送られてきたのだ。タップするとニュースサイトが表示された。NHKが運営する、地方の事件をクローズアップするサイトだ。

被害者の名前は、一ノ瀬怜。

画面を見つめて言葉を失っている真白に、潤が話し続ける。

「小三の頃さ、都市伝説が流行《はや》ったの覚えてる？　上半身だけの女が、千切れた下半身を探しているってやつ」

「あったけど……」

「その元ネタなんだよ。すごく凄惨《せいさん》な事故だったらしい。クリスマスの夜にさ。それでなんとなく記憶に残ってたんだ。一ノ瀬紫音ってなんかあったよなって」

真白は口を手で覆《おお》って考えた。怜が死んでいるとしたら……。

真白は絞り出すような声で言った。

「……私が会ったのは、再婚相手とか内縁の妻とか？」

「怜って名前だったんだろ。同名なんてありえないんじゃないか？」

だとしたらもっと別の可能性。

「全くの他人が……妻を騙《かた》って家に入り込んでるとか？」

潤の声が低くなった。

「そういう事件、あったよね。一家全員、洗脳しちゃうやつ。北九州とか尼崎で……」

「でも、怜さんは紫音にそっくりなの。絶対に血のつながりがあるよ」

「そんなの怜さんを見てない僕に言われてもわからないけどさ……。ただひとつわかるのは、深入りしない方がいいんじゃないかってことだ。嫌な予感がする」

「……ごめん。切るね」

通話を切った。頭を整理したかった。

潤を疑っているわけではないのに、信じられずにいた。

一ノ瀬怜は、八年前に死んでいる。

十一月三十日（月）

焦《じ》れていた。早く昼休みになってほしかった。紫音に聞きたいことがたくさんある。授業と授業の間にある十分間の休みじゃとても聞き切れない。昼休みのチャイムが鳴ると同時に、真白は矢のように教室を飛び出した。

紫音のいる教室に着いた。彼女はちょうど鞄《かばん》から二つの包みを取り出すところだった。紫音は真白に気付いて顔をほころばせる。「あっ、真白」

真白はつかつかと歩いていくと紫音の手を摑んだ。

「来て」

そのまま引っ張っていく。紫音は包み二つを落とさないように抱えていた。

屋上に着いた。十一月の終わりで、昼時とはいえ冷え込んでいる。

「どうしたの、真白」

いきなり屋上へと連れてこられて紫音は戸惑っていた。

「そんなにお腹空《なかす》いてるの？　じゃあ、今日は私の分も……」

「あなたの家のあの人は、いったい誰ですか」

紫音がきょとんとした。

「あの人って？」

「怜さん……いえ、一ノ瀬怜を名乗るあの女性。彼女は何者ですか」

「ええっと……？」

紫音が困惑する。

「何者って言われても、ママはママだけど」

「お父さんの新しい恋人ですか？」

それならそれでいい。どう見ても紫音と血のつながりを感じさせる風貌《ふうぼう》や、前妻と同名である怜を名乗っていることなど納得のいかない点はある。しかし、ありえないとは言い切れない。

だが、即座にそれは否定された。

「パパは恋人なんて作らないよ。パパはママのことだけが大好きだから」

「では何者ですか？」

「ママはママだよ。私を生んでくれた人」

「……あの女性を実母というのですか？」

「ずっとそういってるよ」

「あなたの本当のお母さんは、八年前に交通事故で亡《な》くなっている」

真白の言葉に、紫音は目を伏せた。

「うん。死んじゃった。私を庇《かば》って」

「では、あの女性はあなたの母親では……」

「蘇ったんだよ」

あまりに突飛な反論に、数瞬、真白は言葉を失った。

「ママは死んじゃったんだけど、でも蘇ってくれたんだよ」

真白は鼻白みながらも、どうにか言った。

「……そんなことあるわけないでしょう。死んだ人は蘇らない」

「蘇らせる方法があるんだよ」

「どうやって」

「それは言えないんだ。言っちゃいけないって言われてるから」

「誰に？」

紫音は言葉を返すのをやめてしまった。

「誰に」

紫音は俯《うつむ》いて黙った。ここに答えがあるように真白は直感したが、追及するのはやめた。これ以上の詰問《きつもん》は紫音を萎縮《いしゅく》させ、以降の質問に回答すらしてもらえないおそれがある。

「質問を変えます。紫音、昨日の夜、あなたはどこにいましたか」

「家にいたよ」

「私は昨夜、あなたの家にお邪魔しました。あなたの姿はなかった」

しまったという顔を紫音はした。

「眠ってたから……」

真白は紫音の顔を見ていた。表情のわずかな変化も見逃さなかった。そして「眠っていた」という言葉は嘘《うそ》ではないと判断した。紫音は思っていることが顔に出るから、嘘なら見破れる。

「家の部屋を全《すべ》て見ましたが、あなたの姿はありませんでした。どういうことですか」

紫音の額に汗が滲んでいた。答えない。ここも追及は難しいと直感した。

「再度、質問を変えます。怜さんの話をもう一度しましょう。私はあの人は、外からやってきた人間だと思うのですが、違いますか？」

「外から？」

「一ノ瀬家とは関係のない人間ということです」

この時、真白の頭には二つの可能性が浮かんでいた。

ひとつは外部からやってきた怜が、一ノ瀬家をコントロールしている可能性。妻を失った信幸の心に付け込むことは難しくないように思う。

もうひとつは、信幸が怜を支配している可能性。愛する妻を失った夫は、妻に似た女性を見つける。その人を家に連れてきて、暴力によって隷属《れいぞく》させてしまったというパターン。昨夜、怜が強引に真白を鍋に参加させたのはSOSのサインだったのではないか。

最悪なのは、どちらのケースであっても紫音が虐待《ぎゃくたい》を受けている可能性が極めて高いということだった。学んできた刑事事件の例に照らせば、前者ならば怜が、後者ならば信幸が、紫音の行動をコントロールするために虐待をしていると考えられた。

紫音が虐待を受けているとなれば納得できることがいくつかあった。例えば彼女の年齢の割に幼い言動。虐待は知能の発達を阻害することがある。

だが、所詮推理は仮説である。証拠がなければストーリーにすぎない。だから、証拠を得るために真白は紫音のブラウスに手をかけた。

紫音の了承を得ず、真白は紫音のブラウスの裾をスカートから引っ張り出した。

「なっ……」

その下のタンクトップをめくる。現れた青白い腹には、点々と内出血の痕《あと》があった。小さいが火傷《やけど》痕のような古傷もある。

「や、やめて」

制止を聞かずに真白は紫音のブラウスのボタンを乱暴に外した。やはり痣《あざ》があるのは腹だけではなかった。首から下、胸の周囲にも紫色の痣がある。それらは服で隠れる部位にだけ集中していた。

「やめて真白！」

紫音が真白を振り払った。

「なんでこんなことするの？　私は真白とお弁当が食べたいだけなのに」

「そんなこと言ってる場合じゃないでしょう」

怯《おび》えた目が真白を見た。

「嫌だ。真白、目が怖いよ」

「怖くだってなりますよ！」

真白はつい怒鳴ってしまった。

「心配してるんです！　言わせないでくださいよ、こんなこと！」

けれど、紫音は怯えたままだ。はだけているブラウスを押さえながら、真白を見つめている。

「紫音……」

とにかく紫音を安心させたくて、真白はできるだけ柔らかな声で言った。

「……怖がらせてごめんなさい。そんなつもりはなかったんです」

精いっぱいの気持ちが伝わったらしく、紫音の雰囲気が柔らかくなった。

「私こそごめんね。真白、全然怖くなかった」

それが怯えた声音ではなかったことに真白は安堵《あんど》する。

「紫音、教えてください。体の痣は誰につけられたんですか」

「転んだ時についたの」

ありえない。そういう痣ではなかった。不審に思う真白に、紫音は先回りするように言った。

「大丈夫。酷《ひど》い目になんて遭ってないよ」

畳みかけるように紫音は言う。

「信じてほしいな。真白に心配かけたくないから」

「私も信じたいですよ。でも」

「もう、この話はおしまいにしよう。これは私の家の問題だよ」

紫音はそれ以上、何も話してくれなくなった。


午後の授業には集中できなかった。ろくに聞かずに、紫音のことを考えた。

怜が父娘《おやこ》をマインドコントロールしている可能性。

信幸が一家を支配している可能性。

どちらもありうると思っているが、どちらも納得いかないところがある。

怜がマインドコントロールをしている場合、彼女が昨夜、自分を鍋に誘った理由がわからない。外部の人間を招き入れたら虐待の事実が露呈するリスクが高まるだけではないか。

信幸が一家を支配している場合は、怜が真白を鍋に招いた点について説明がつく。だが、彼女が直接警察に駆けこまない理由がわからない。思考を停止させるほどの強固なマインドコントロールをされているようには見えなかった。

そしてどちらであっても、死んだ怜が蘇ったという紫音の言葉には一切説明がつかない。

いくら考えても納得のいく答えは出なかった。

お手上げだと思って、真白は窓の外を見上げた。冬の青空を鳥が暢気《のんき》に飛んでいる。

何もかも取り越し苦労だったらいい。

それをはっきりさせるためにも、自分が動かなくてはと思った。

放課後、真白は一ノ瀬家に向かった。だが、それは紫音に会うためではない。張り込みをするためである。それで何かが得られる保証は全くないが、捜査とはそういうものなのだ。父の背中から学んだことである。

一ノ瀬家の敷地に立ち入った。広い庭を歩いて家の周囲を検分すると、掃き出し窓を見つけた。カーテンは閉められているが、幸いなことに隙間があった。窓に近付いて、リビングを覗《のぞ》く。紫音がジュースを飲んでいるのが見えた。他の人間の気配はなさそうだ。

やがて家事を始めた紫音を、真白はカーテンの隙間からじっと見つめていた。

日が沈んで、寒くなってきた。天主堂から聖歌が流れて来たちょうどその時、玄関で動きがあった。

誰か帰ってきたらしい。

紫音はその時、リビングのソファーに座っていた。扉が開けられて紫音の父、信幸が入ってきた。父の帰宅に、紫音は立ち上がった。そして信幸へと近寄っていく。

真白はスマホを取り出すと、ビデオカメラ機能を起動する。虐待の類《たぐい》があれば、撮影して証拠にしようという判断だった。

それは正しかった。

信幸は近付いてきた紫音の体を抱き寄せると、キスをしたのだ。瞬間、真白は確信した。虐待をしていたのは父親だったのだ。ただ、思っていたのとは違った。目の前で行われているのは性的虐待だった。父親が紫音を虐待しているとしたら、紫音を支配するための暴力的なものだろうと真白は予測していたのだ。

だが、格別気にすることでもない。暴力的な虐待と性的虐待が同時に存在していたって、おかしいことはない。とにかく虐待の瞬間はビデオに収めることができたのだから、あとは一刻も早く紫音を助けるだけだ。

掃き出し窓を叩いて、信幸を止めようとした。けれど、その直前で真白は硬直した。

目の前の光景が、おかしかった。

真白は食い入るように、信幸にキスされる女性を見つめていた。

それは紫音のはずなのに強烈な違和感があった。目や手の動き、腰のしな。何もかもがおかしい。

信幸にキスをされ、とろけるような瞳《ひとみ》をしている女は……。

それが誰かわかった時、真白は持っていたスマホを取り落とした。スマホは庭の石にぶつかってガシャンと音を立てた。

気付かれる。そう思った真白は即座にスマホを拾って駆け出した。最後に信幸が女の胸元に手を差し入れるのを見た。女は恍惚《こうこつ》の表情を浮かべていた。

その女は紫音だったのに、紫音ではなかった。

大人びたあの表情は……。

混乱した。何が何だかわからない。

紫音だったはずの人間が、怜に変わっていたのだ。

自宅に逃げ帰った。自室に入ると、真白は乱暴に椅子《いす》に座った。キャスター付きの回転椅子がぐるりと動く。息は荒く、知恵熱のようなものを感じた。理解できない状況をどうにか整理しようとしてオーバーヒートを起こしている。

それでも真白は考える。さっき見たものは何だったのか。

紫音だった女の子が、いつのまにか怜になっていた。肉体は間違いなく紫音だったはずだが、中身は確実に怜だった。

そんな現象あるわけない。そう思ったが、一つだけ思い当たった。

ある人間が、一瞬にして別の人間に変わる現象。それを真白は法医学の本で知っていた。

ありえない。けれど、説明をつけるにはこれしかない。

「解離性同一性障害……？」

かつては多重人格と呼ばれた神経症である。紫音がその障害を有していてもおかしくはなかった。解離性同一性障害は、虐待を受けた児童が発症することが多いのだ。もはや真白は紫音が虐待を受けていることに一点の疑いも抱いていない。

つまりだ。

今日まで自分が怜だと思っていたのは、紫音だったのだ。

昼間の屋上でのやりとりも納得がいく。昨夜は何をしていたかと尋ねた時、紫音は眠っていたと言った。あれは意識が眠っていたことを言っていたのだ。

「け……警察に……連絡を……」

真白は震える手でスマホを取り出した。しかし、画面にひびが入っていて電源すら入らない。落とした時に壊したようだ。家の電話を取りに行こうと椅子から立ち上がろうとして、真白は止まった。

紫音の話を聞いてからの方がいいかもしれない。何故《なぜ》虐待を受けていながら、誰にも助けを求めないのか。

十二月一日（火）

昼休み、真白は紫音と一緒に屋上にいた。いつものようにベンチに並んで座っているが、いつもと違って空気は重い。

「真白、寝不足……？」と心配そうに紫音が声をかけてくる。

昨日は全く眠れなかった。うとうととしても、紫音が父親にキスをされている場面がよぎってすぐに目が覚めた。

「お弁当、私が作ってきてあげればよかったね」と紫音が言った。

「ああ……今日私か」

弁当を作り忘れた。完全に頭から抜けていた。

「紫音、お弁当のことはごめんなさい。でも今は別の話をしましょう……」

「別の？」

「あなたは解離性……いえ、人格が代わることがあるんですね」

「えっ！　なんで知ってるの!?」と紫音が肩を跳ねさせる。

「……ごめんなさい。実は昨日の夜、庭からあなたのことを見てたんです」

真白は深々と紫音に頭を下げた。

「本当にごめんなさい」

「困ったなあ。頑張って隠してたんだけど……。とりあえず頭を上げてよ。全然怒ってないし」

紫音は少し赤くなった頰をかいた。

「まあ、恥ずかしいけどね」

「……あんなことをいつもされてるんですか？」

「うん。もう何年も前からかな」

真白は頭の中が真っ赤になるような感覚に見舞われた。

「放課後、一緒に警察に行きましょう」

「あれは虐待です。嫌でしょう？　父親に体を触られて……」

「え、なんで？」

「全然嫌じゃないよ」

真白の言うことがわからないといった様子だった。

「だって、パパの前では私はママになるんだもん」

紫音は穏やかな顔をして話す。そこに父への不快感は全くない。

「昨日、見てたんでしょ。なら、わかるよね。えっちなことはされてたけど、されてたのは私じゃなくてママだったの。夫婦がそういうことするのは普通だよね」

どっと疲れてくるのを真白は感じた。そういうことを言い出すかもしれないと思っていた。

虐待を受けた子供が解離性同一性障害を発症するのは防御のためというケースが多い。苦痛を受ける時に別の人格に交代することで自我を守るのだ。

「ママに代わってもらってる時は、夢見てる感じになるんだ。だから何をされても何も感じないんだよ。ふわふわしてるだけ」

「……典型的な離人感ですよ、それは」

離人感も虐待が引き金になって起きる症状である。自分が体感しているはずのことを、まるで傍観しているように感じるのがその症状だ。

「紫音、よく聞いてください。あなたがされているのは虐待なんです。たとえ人格が代わっていても、酷いことをされているのはあなたなんです」

「虐待なんてされてないって」

「されているんです」

「されてないってば」

真白は黙った。これでは水掛け論だ。どうにかして自ら通報するよう説得したかったが、本人に虐待されている自覚がない以上は難しい。警察や児童相談所を有効的に動かすために、被害者の証言または証拠が欲しい。昨夜、虐待の現場を撮影したスマホが壊れてしまったのが悔やまれる。もう一度盗撮を試みる手もあるが、昨日のようにうまくいくとは思えなかった。リビング以外の場所で虐待が行われたり、カーテンがきちんと閉まったりしていたら終わりだ。

真白は別の方法を考えた。

ひとりで警察に向かうべきだろうか。だが、被害者本人の訴えがない——それどころか被害を受けている自覚すらない——のに警察が動いてくれるとは思えない。やはり紫音の証言は欲しい。ならば、

「紫音、怜さんに代わってください」

紫音には虐待の自覚がなくても、怜にはあるかもしれない。怜の証言があれば……。

「ごめんね。できないの」

「どうして」

「好きな時に交代できるわけじゃないんだ。パパが帰ってくると自然と代わるの。だから今日も六時になるまで代われないよ。パパはいつも六時に帰ってくるから」

「でも、それでは……」

夜になってからでは、また今夜も紫音が虐待を受ける可能性がある。

けれど、怜に会う以外に突破口は思いつかない。口惜しいが六時を待つしかない。

「……では、今晩怜さんに会えますか?」

「多分大丈夫。でも、あんまり時間は取れないと思うなぁ。パパはママのこと離したがらないから。すごく仲がいいの」

「仲が……」

ぞっとして、口ごもった。何かを言う気になれなかったので、会話が途切れた。

「お話はおしまい? それじゃあ食堂に行こうよ。ここは寒いし、お腹が空いちゃった」

夜の七時。約束通りに真白は一ノ瀬家に向かった。

一ノ瀬家の前に着く。すでに紫音……いや、怜が待っていた。コートに手を突っ込んで立っている。

真白は近付いて声をかけようとしたが、その前に怜が真白に気付いた。見つめてくる。その達観したまなざしひとつをとっても、紫音とは全然違う。同一人物とは未《いま》だに信じられない。神経が張り詰めた。怜からは油断ならないものを感じるようになっていた。

怜から話しかけてきた。

「すまないが時間はあまりない。買い物と言って抜け出してきたが、昨日の庭の件をパパが警戒しているんだ。不審な物音は聞こえてたからね」

真白としても、世間話をするつもりなどない。早速本題に入った。

「怜さん、私と一緒に警察に行きましょう。実は……」

「事情は理解してる。私と紫音は知覚したことを共有してるから」

ならば、解離性同一性障害に真白が気付いたことの説明などはする必要がなさそうだ。

「だったら話は早いです。紫音は自分が虐待されているという自覚がない。あなたの証言が必要なんです。怜さん、一緒に警察に……」

「断る」と怜は真白の言葉を遮った。

その言葉は、真白にとってかなり予想外だった。何故なら今の真白には、最初に怜と会った時の「まだ助ける気があるなら」という言葉の意味がわかった気がしていたからだ。あれは娘を助けてほしいというメッセージだったと思ったのだが。

怜は続ける。

「私はね、パパが大好きなんだ。警察になんて行ったらパパが逮捕されちゃうじゃないか」

真白は考える。怜という人格は、紫音ではなく信幸の味方なのだろうか。父親に迎合するあまり、父親に寄り過ぎた性格を紫音は生み出してしまったのかもしれない。だが、それで説得を諦《あきら》めるわけにはいかなかった。

「……考えてみてください、怜さん。あなたは紫音の別人格です。虐待を耐えるために紫音が生み出した人格でしょう。だったら、紫音を救うのがあなたの役割じゃないですか」

「紫音が生み出した人格……？」と怜は笑った。

「つまらないこというなよ。そんな三文小説みたいなオチ、今時流行らないよ」

嘲笑《ちようしよう》されて、真白はすぐに言い返した。

「ふ、ふざけないでください！　こっちは真面目《まじめ》な話を……」

「ふざけているつもりはない。真面目な話さ。お前は前提を間違えているよ」

「前提を……？」

「紫音のために私がいるんじゃない。私のために紫音がいるんだよ」

「どういう意味ですか」

「自分で考えたら？　そんなんじゃ立派な刑事にはなれないよ」

絶妙に神経を逆なでする声音だったが、それが真白の脳細胞を活性化させた。真白は瞬時に怜の発言を整理した。

「紫音が怜を生み出した」という言葉を怜は嘲《あざけ》った。ならば「怜が紫音を生み出した」のだろうか。主人格が怜で、交代人格が紫音なのだろうか。

いや、それはありえない。

真白は怜の体を見た。その若い体はどう見ても十代のものだ。紫音の体に違いない。大体、怜の肉体は八年前に死んでいる。紫音が主人格で、交代人格が怜であることは揺るがない。

その上で「紫音のために怜がいる」という前提が間違っていて「怜のために紫音がいる」としたら。それは一体どんなケースだ。交代人格のために主人格がいるケースとは……。

天啓のように、紫音の言葉がリフレインした。

――パパはママのことだけが大好きだから……。

「まさか……」と呟《つぶや》く真白の声は震えていた。そのおぞましい可能性に至ったからだ。

愛する妻を失った夫が、もう一度妻を求めた時に思いついたことが……。

——娘の人格を矯正し、妻に仕立て上げてしまうことだとしたら。

それなら「怜は紫音のためにいる」という前提は間違っていて「紫音は怜のためにいる」。

「あなたは……人為的に生み出された人格……」

虐待で傷ついた心が生み出した人格ではない。この人格を生み出すために虐待したのか。

怖気《おぞけ》が走った。それは子供の人格を親の好みに歪《ゆが》める行為だ。自分好みの女になるように、信幸は娘の人格を矯正したことになる。口調、思考、嗜好《しこう》、性格はもちろん、きっと微細な表情や微妙な指使いまで、信幸の知る怜のデータをインプットしていったのだろう。

真白は怜の反応を待った。否定してほしかった。自分が思い至ったことはおよそ親が子供に行う虐待のうち、最悪のもののひとつに思えた。こんなものは自分の妄想であってほしかった。

けれど期待に裏切られた。怜は何も言わなかったが、それが肯定だと表情からわかったのだ。打ちのめされるとはこのことだった。

「……それならなおのこと、警察に行かなくては」

「どうして？」

「色んな事件を勉強してきました。人間がしたとは思えない所業をたくさん学んできました。これは、それらに劣らないほどの非道です。一緒に紫音を助けましょう」

「そのお願いは聞けないな。さっきも言っただろ。パパが捕まったら困る」

「あなたは……紫音の母親でしょう。娘が父親の慰み物にされていて、何も思わないいんですか」

わかっている。目の前の怜は、ただの人格だ。本当の母親ではない。けれど、もう説得材料がこれしか思いつかなかった。母娘《おやこ》の情愛に訴えかけるほか……。

怜は言った。

「私は紫音の母親である前に、信幸の女だよ」

それを聞いた真白が感じたのは失望だった。

父の書斎にある刑事事件に関する資料を読んだことがある。褒められたことではないが、機密情報に触れたことも一度や二度ではない。

母親による虐待事件の記録も読んだ。どうしてこんなに痛ましいことが起こるのか、真白には最初わからなかった。それは真白の母親が優しい人だったからだろう。

しかし、世の母親が全員子供に優しいわけではない。子供を愛しているわけではない。

母親による虐待事件の記録を読むことで、真白は知った。

子供を産んだからといって、その者が母親になるわけではない。母性が生まれるわけではない。そういう女性の供述調書から滲《にじ》み出てくるものは、写真撮影報告書に添付された被疑者の写真から感じられるものは……言葉にはしづらいが、母親とは別の生き物の気配だった。

今、怜から感じられるものも同じであった。

「紫音と代わってください」

やはり紫音を説得して警察に行かせるしかない。

「私たちは自在に交代できるわけじゃないって紫音が言っただろ。パパが家を出る午前六時までは私だ」

そろそろパパのところに戻らないと、と怜は真白に背中を向けた。

「おかしな真似《まね》はしないことです。私は昨日、お宅の庭にいました。あなたと信幸さんのしたことは撮影しています。これ以上、紫音を蔑《ないがし》ろにするようなことがあれば……」

「だったらそれ持って警察行ったらどうだよ」

十二月二日（水）

真白は朝早くから一ノ瀬家の前で紫音を張っていた。気持ちが逸《はや》っているのは自分でもわかった。

信幸は怜の言っていた通りに六時に家から出てきて、仕事に向かった。彼の姿が見えなくなった後、一ノ瀬家のインターフォンを押そうかと思ったが、結局は押さないことにした。万一、まだ紫音ではなく怜だったら困る。

八時になって、紫音が出てきた。制服を着て鞄を手にしていることを確認してから真白は近づいた。

紫音が真白に気づいた。頬が緩むのが見えた。

「真白？　どうしてここに？　あ、もしかして今日は一緒に学校に……」

紫音の言葉を真白は聞いていなかった。彼女の手を乱暴に摑《つか》んで、歩き出す。

「いいですか？　これから警察に行きますが、あなたは私の言うことに『はい』とだけ答えてください。何も考える必要はありません」

「ま、待って、真白……」

紫音が抵抗するのを感じた。すごく重い。

「いや。警察なんか行きたくないよ」

「でも、昨日だってきっと信幸さんに……」

「だから、私じゃなくてママなんだってば。どうしてわかってくれないの？」

「わかるわけないでしょう」

真白は立ち止まって、紫音へと振り向いた。

「自分の娘を矯正して妻にするなんて。そんなこと、許されるわけないでしょう。あなたは玩具《おもちゃ》でも代替品でもないんだから」

「聞いて、真白。それはね、私が望んだことでもあるんだよ」

真白は紫音に怪訝《けげん》な眼差《まなざ》しを向けた。「あなたが……？」

「ママは交通事故で死んじゃったんだけど……私のせいなんだ。私が子猫を追いかけて道路に飛び出したせい。ママは私を守ってくれた。でも私はママに死んでほしくなかったし、できるなら生き返ってほしかったんだ」

「……それで」

「そうしたらパパが言ってくれたの。ママを蘇《よみがえ》らせる方法があるって。パパの言うことを聞けば、私の中にママが蘇るんだって。だから、私はパパに言われた通りに……」

「馬鹿《ばか》！」

真白は叫んだ。登校中の学生や、通勤中の大人たちが振り向いた。

「そんなの、いいように使われてるだけ。あなた、そのとき小三でしょ。利用されたんですよ。自分がどれだけ酷いことをされてるか、どうしてわからないんですか」

真白は紫音に近付くと、縋《すが》り付くように肩を摑んだ。

「お願い、紫音。一緒に警察に行くんです。あとは私が何とかしますから」

けれど、やはり紫音は首を横に振った。

「真白、聞いて。私ね、今がすごく幸せなんだ」

真白は耳を疑った。「しあわせ……？」

「だってママと真白がいるんだよ？　本当はね、ママがいるだけでも幸せだったんだ。そこに大切な友達が来てくれたんだから、きっと幸せって言葉じゃ足りないよね」

言いながら、紫音は鞄から二つの包みを取り出した。

「見て、お弁当の包みを変えたの。私、真白とお弁当食べるのが好き。一緒にいると体がふわふわしてくる。だから、今日も一緒に食べよう。こういう日常がずっと続いてくれればいいな」

真白は紫音を突き飛ばした。紫音はたまらず道路に尻餅《しりもち》をついて、その拍子に包みに指が引っかかって解《ほど》けた。ひっくり返ったお弁当箱の中身が散らばる。

真白は紫音に背を向けて走った。とにかく彼女から離れたかった。

闇雲《やみくも》に走った。人に何回かぶつかった。怒鳴り声が聞こえたが振り返りもしなかった。

そのうちに息が切れた。

近くに公園を見つけたからベンチに座った。息が苦しい。喉《のど》が痛い。それでも叫び出したい気分だったが、わずかに残る冷静さがそれを抑え込んだ。

手足を投げ出すようにして座っていると徐々に息が整ってきた。思考力も蘇った。

紫音の言葉がリフレインした。

――私ね、今がすごく幸せなんだ。

そんなわけないだろうと思う一方で、こうも思う。

「じゃあ……いいか」

本人がそう言ってるなら、いいか。

思えば自分は何をこんなに必死になっているんだろう。こんなのよそ様のご家庭の問題じゃないか。いや、そもそも問題じゃなかったのかもしれない。誰も嫌な思いをしていないなら。

いや、いいわけがない。娘を食い物にする父親だなんて。娘が嫌な思いをしていないのは、虐待による矯正のせいじゃないか。それでも被害者本人が幸せと言っているのなら、もう関わるべきじゃないのか？　ダメだ、頭がこんがらがってきた。

懊悩《おうのう》していると、不意に隣に誰かが座った。

「やっと見つけたよ、不良娘」

潤だった。真白は鬱陶《うっとう》しそうな視線を向けた。

「なんでここに」

「それは君の方だろ。らしくないじゃないか。無遅刻無欠席の君が、学校をフケるなんて」

公園の時計を見た。とっくにホームルームが始まっている。

「……今朝は色々あったのよ」

「そうだね。まさか一ノ瀬さんを突き飛ばすなんて思わなかった。僕がお弁当を拾っている間も、彼女茫然《ぼうぜん》としてたよ」

「……見てたわけ。このストーカー」

悪態をついたが、心の中では紫音の弁当を拾ってくれた潤に感謝していた。同時に茫然としていたという彼女の表情が浮かんで胸が痛くなる。

「今朝は君だけを見てたわけじゃない。僕なりにあの家のことを調べてたんだ。やっぱり気になったからね」

「アンタも……？」

「まあ、虐待が行われてるっぽいことくらいはわかってる。でも、君ほど事情は知らないよ。庭に不法侵入したりはしてないから」

潤は尾行や調査を行うが、法に触れることは決してしない。そのラインを見極めているのが、彼の探偵らしいところだった。

「真白、そろそろいいんじゃないかな」と潤は宥《なだ》めるような声音で言った。

「いいって何が」

「君はもう頑張らなくていいんじゃないかってこと」

「別に頑張ってなんか。私は紫音を助けたいだけ……」

「助けたいなら児相に連絡しようよ。この手のことはしかるべき機関に任せた方がいい」

「でも、児相だって紫音からの被害相談がないとたいしたことはできない」

「そこはプロがうまくやってくれると信じようよ。一ノ瀬さんが虐待の恐怖で喋《しゃべ》れないとしても、うまく聞き出す方法を心得てるはずだ」

そこで真白は、潤が紫音の解離性同一性障害までは把握していないことを理解した。それを伝えて、潤を説得しようかと一瞬思ったが、やめた。事情を説明するには、紫音が受けている性的虐待に触れざるをえない。同性として、勝手に男子にその手のことを話されるのがどれだけ嫌なことかはわかる。

潤は膝《ひざ》の上で組んだ手を見つめながら言った。

「正直言うとね、僕は一ノ瀬さんより君のことを心配してるんだ」

「私のことを？　なんで」

「君、不器用だろ」

「私が？　そんなことない」

潤の言うことが真白にはよくわからなかった。自分は要領がいい方だ。自慢ではないが勉強でもスポーツでも優秀な成績を残している。

ピンと来ていないのが顔に出ていたのだろう。潤は淡々と説明をした。

「庭に侵入するのもそうだけど、誰かを助けようとすると君って手段を選ばなくなる時がある。すごいがむしゃらで、ちょっとズレてる。見てて危なっかしいんだよ」

それで真白はようやく理解した。確かに潤の言う通りだった。紫音を助けなきゃという ことで頭がいっぱいで、不法侵入を躊躇《ためら》わなかった。盗撮も気に留めなかった。

「だから児相に連絡しよう。一ノ瀬さんを助けるのは君じゃなくてもいいだろ。君が助けなきゃいけない理由があるのか？」

答えられなかった。

何もかも潤が正しい。わかっている。自分はあの夜の「助けて」と今の状況を重ねている。まだ紫音が自分に助けを求めていて、それに自分が応《こた》えないといけない気がしている。そんなことは全くないのに。

今度こそ助けたいと思っていた。だが、そのせいで却《かえ》って紫音を救出から遠ざけているのだとしたら。

潤はスマホを取り出して、真白に差し出した。

「児相の番号は一八九だよ」

「……言われなくてもわかってるわよ」

真白はスマホを受け取ると一八九にダイヤルした。児童相談所への全国共通の無料ダイヤルである。音声アナウンスが流れた後、楓花町を管轄《かんかつ》する児童相談所へとつながった。

「はい、こちら楓花こども・女性・障害者支援センターです」

中年の女性の優しそうな声がした。

事情はスムーズに話すことができた。紫音を連れて警察に行くつもりだったから、話すべきことは何度も整理していた。

人格交代のことは話さなかった。話せばこちらの話の信憑性《しんぴょうせい》が疑われるだけだし、隣で潤も聞いている。端的に虐待が行われていることを匿名《とくめい》で伝えた。名乗らなかったのは、自分はこの件に関わる資格がもうないように思えたからだ。

通話は思いのほかすんなりと終わった。最後に職員が言った。「情報ありがとうございました。速やかに対応させていただきます」

通話を終えたスマホを潤に返す。拍子抜けしていた。あんなに悩んだのに、こんなにあっさり終わるのか。

潤が尋ねてくる。

「どうする。これから学校行く?」

「そういう気分じゃない」

紫音がいる場所に行きたくない。万一会ったら嫌だ。突き飛ばしておいて、合わせる顔がない。

「今日はとことん不良娘なんだな」と潤が笑った。

真白はぼうっと空を見上げた。

「……これで終わったのかしら」

「真白のできることはね」

「なら、帰ろうかな」と真白は立ち上がった。

「明日はちゃんと学校行きなよ。不良娘やってる君、あんまり見たくないから」

そう言って、潤は鞄《かばん》から文庫本を取り出した。公園で読書をするつもりらしい。彼も今日はもう学校に行く気はないようだ。

潤が手にしているのは、赤黒い本。真白は見覚えがあった。埼玉で起きた連続猟奇殺人事件のノンフィクション小説だ。

「懐《なつ》かしいもの読んでるわね」と真白は言った。

「君、殺人事件とかすごい詳しいだろ。話題合うかなって」

「やめて、人を猟奇殺人マニアみたいに。刑事志望だから詳しいだけ」

「わかってるよ」

赤黒い表紙を潤は少し伏せた目で見つめる。

「……あんまりにあんまりな内容だから、読むのが少し辛《つら》くてさ」

うん、と真白は呟いた。

「……本当に恐ろしい事件」

事件内容が、真白の記憶に蘇る。殺した被害者を解体して、死体を遺棄した手法。立件できたのはたった四件だが、主犯は三十五人殺したと述べている。三十五人は盛った数字だと思うが、少なくない人数が殺されたのに立件されなかったのは間違いない。

血塗られたような表紙を見つめて、潤が言う。真白と同じように、凄惨《せいさん》な事件現場を思い浮かべているのかもしれない。

「怖い話だよ。こんなにも多くの人を殺《あや》めるなんて」

「怖いのは殺した数じゃないわ」と真白は呟いた。

「その事件の何より怖いのは……」

十二月三日（木）

いつもの起床時間に起きて、学校へ行く支度を始める。その中にはお弁当の準備もあった。昨日の朝、紫音のお弁当をぶちまけてしまったのを否《いや》が応《おう》でも思い出した。普段通りなら、今日は真白がお弁当を作る番である。

お弁当を作っていけば、突き飛ばしたことを謝るきっかけになるかもしれない。だが、結局、作らないことにした。顔を合わせたら、どうしたって虐待《ぎゃくたい》のことを聞いてしまう。最悪、またカッとなって突き飛ばしてしまうかも。事件が一段落するまではかかわりを持たない方がいいと思った。


休み時間もひとりで勉強をするようにした。潤が気を遣って話しかけてくれたが、あまり会話をする気にはなれなかった。

帰宅してからは体力づくりに専念することにした。悩みがあるときは、体を動かすのが一番だった。筋トレのメニューを一通りこなして体を温めた後、ランニングを行う。この順だと効率よく脂肪が燃焼され、ベストなトレーニング効果が見込めるのだ。

ジャージ姿でいつものルートを走る。途中で脳が酸欠になって、走ることしか考えられなくなる。それがありがたい。漠然とした意識のまま、真白は走り続ける。だから、気付かなかった。

自分が紫音の家の前に向かっていることに。

真白の平素のランニングコースは、紫音の家を通るのだ。

かなり近づいてから一ノ瀬邸に気付いた。とっさに引き返そうとしたが、その足が止まる。玄関に数人の人間がいるのが見えたからだ。スーツを着た男女の二人組に、一ノ瀬家の父娘《おやこ》。男女二人組は児童相談所の職員だと真白にはわかった。児童相談所は通報を受けてから四十八時間以内に安全確認を実施しなければならないと知っていた。

職員には、怜が応対していた。

怜が襟元をはだけさせて、胸元を見せている。そこにはかつて内出血の痕《あと》があったが、おそらく今はないだろう。時間経過で消えるものだし、多少の痕は怜ならばファンデーションやコンシーラーで誤魔化すことができる。怜らの会話が聞こえてくるわけではない。けれど、和やかな空気が彼らの間に流れているのは遠目にもよくわかった。

真白は立ち尽くした。

通報が無意味に終わった。そう理解するのには十分すぎた。

最悪の気分で家に帰った。

暗い自室の椅子の上で考える。紫音のことを。どうしてもまた考えてしまう。どうすれば彼女を助け出せるのか。

あの夜の「助けて」のことも今なら説明がつく。きっと信幸の虐待から逃げ出してきて真白の家までやってきたのだ。軽率に口にした「絶対助ける」なんて言葉。彼女には警察よりも心強かったのだろう。だが、紫音は男に連れ戻されてしまった。男の顔はいまだに思い出せないが、あれは信幸だったに違いない。

私には、応える義務があったのに。

児童相談所に連絡したことで却って不利になってしまったように思う。児童相談所は今日の安全確認で虐待の事実なしの結論を出してしまっただろう。再度、通報しても、こちらの話を信じてもらえるかどうか。やはり問題は怜だ。職員が怜に聞き取りをする限りは、事件は永遠に明るみに出ないだろう。

紫音の人格が出ている時に調査をしてもらうことにしか望みはない。紫音が出ているのは日中――彼女の言葉を信じるなら午後六時まで――だ。紫音は虐待の事実を否定するだろうが、怜とは違いボロを出すかもしれない。

問題は、どうやって午前六時から午後六時までの間に紫音を調べさせるかだ。児童相談所にそんなわけのわからないお願いをしても、ますますこちらの言葉が信憑性を欠くだけだ。

どうすればと考えて、真白は一人だけ頼れる人を思いついた。

父ならば。

きっと自分の言うことを真剣に聞いてくれるはずだ。わけのわからない頼みと一蹴《いっしゅう》したりしない。そういう人じゃないことを真白は誰より知っている。

家事をしながら、父の帰りを待った。いつもならば日付が変わる頃に帰ってくる。

夜の九時を回った頃、家の電話が鳴った。洗濯物をたたむ手を止めて、真白は電話に出た。

「もしもし」

「真白」

声でわかる。父だ。

「父さん、今日何時に帰って来られる？」

「ちょうどその話をしようと電話したんだ」

真白が先日スマホを壊したことは父も知っている。だから家に電話をかけてきたのだった。

「今日は帰れない」

珍しいことじゃなかった。

「……明日には帰ってこれるよね？」

「ああ。遅い時間にはなってしまうが」

「わかった。あのね、父さん」

真白は言葉を一度、切った。

「大事な話があるの」

「……なんだ」

「電話じゃ話せない」

こみ入った話になる。電話で話すには適さない。

「だから……明日帰ってきたら、時間ちょうだい」

「わかった」と父は答えてくれた。

十二月四日（金）

今日は少し気が楽だった。若干、逸ってもいる。早く学校が終わってほしい。

四時間目の授業は倫理で、内容は『キリスト教の基礎』だった。楓花町ではその成り立ち上、キリスト教についての授業が行われるのだ。福音書の記述を教師が読み上げていく。真白はろくに授業を聞かず頭の中で紫音のことを父に説明するシミュレーションを行っていた。父さえ説得できれば紫音の父の悪行もここまでである。

ふと声が真白の耳に届いた。

「イエスは彼らに答えられた、『すべて罪を犯す者は罪の奴隷《どれい》である』」

真白は顔を上げた。教師が読み上げたのは『ヨハネによる福音書』の一節だった。

教師は続けて聖書の講釈を行っている。

「聖書の解釈は自由だと私は思います。教派によっては解釈することそのものを禁じていたりもするのですが、それはいささか本旨から外れているでしょう。読んだ内容から人生のしるべを見つけたり、あるいは心の平穏を得られるのなら、それこそが神がお望みのことであると私は考えています」

真白の意識は直前の一節に集中していた。

——すべて罪を犯す者は罪の奴隷である。

なんて良い言葉なのだろう。真白は背筋が震えた。

その通りだ。その通りでなくてはならない。どんな罪も決して逃げおおせることは叶《かな》わない。そういう意味だと真白は解釈した。信幸のように今日までうまく罪を隠してこられたとしても、やがてはその罪によって裁かれるときが来るのだ。

全《すべ》てが終わったら、一昨日《おととい》の朝のことを紫音に謝りに行こう。そして叶うなら友達に戻りたい。

教師が続けて『マタイによる福音書』を読み上げている。

「人を裁くな。あなたがたも裁かれないようにするためである。あなたがたは、自分の裁く裁きで裁かれ、自分の量る秤《はかり》で量り与えられる」

ほどなくチャイムが鳴って、昼休みとなった。

昼休みになると、つい真白の意識は教室の入り口に向かった。紫音が来たら気まずいと思っていたが、幸いにして突き飛ばして以来、彼女が姿を現すことはなかった。

放課後。

下校しようとシューズロッカーを開けると、靴の上に紙切れが置いてあった。メモ用紙の断片に文字が書かれている。

一瞬ラブレターかと思ったが、そうだとしたら雑過ぎる。それに内容もラブレターらしくなかった。

——相談があります。放課後、体育倉庫に来てください。助けてほしいんです。

助けてほしいという文章に目が釘付《くぎづ》けになった。

「まさか……」

もし紫音が助けを求めているのだとしたら……。気付いた時には真白は体育倉庫へと駆けていた。

体育倉庫は校庭の隅にある。あまり大きくはない建物だ。

真白は引き戸を開けた。宙を舞う埃《ほこり》がきらめいている。小さな明かり取りから日が射《さ》しているのだ。

「紫音、いるの?」と呼びかける声には必死さが滲んでしまう。

声は倉庫内の薄闇に吸い込まれただけだった。返事はない。奥にいるのかもしれないと足を踏み入れる。ボールの入っている籠《かご》の中やスコアボードの陰まで見た。だが、誰もいない。

一度外に出ようと体育倉庫の出入口に向かうと人影があった。逆光のせいですぐには誰かわからない。

目を凝らして、紫音だとわかった。

「ま、真白……」

紫音は少し真白に怯《おび》えているようだった。

「手伝いに……きたよ」

紫音の言葉の意味がわからず、真白は訝《いぶか》しんだ。

「手伝いに?　何の話?」

「え……?」

「紫音。ここに来たということは、やはり手紙を出したのはあなたなんですね?」

「手紙……?　なんのこと?」と今度は紫音も怪訝な顔をした。

「助けてって手紙ですよ」

「え、知らないよ」

どうも話が嚙《か》み合わない。紫音が困った顔をしながら体育倉庫に入ってくる。

「私はね、桜子さんに言われてきたの」

「桜子？」

馴染《なじ》みのない名前。けれど、どこかで聞いた覚えがある。ややあってからハッとした。

それは確か、紫音をいじめていた連中の一人ではなかったか。

「真白が体育倉庫で呼んでるって。私に片づけを手伝ってほしいって……」

真白がピンときたその時、紫音の背後で戸が動いた。擦過音を立てながら閉じていく。

咄嗟《とっさ》に真白は戸まで駆けたが遅かった。

女子がいた。いつか蹴《け》散《ち》らした男女のうちの一人で、最後まで真白のことを睨《にら》んでいた生徒だった。女子は底意地の悪い顔をして、戸を閉めていく。

仕返しだった。

真白の目の前で戸が閉まった。開けようとしたがびくともしない。施錠《せじょう》されたのか、あるいはつっかえ棒でも使われたらしい。真白は戸を叩《たた》きながら叫んだ。

「開けなさい！　こんなの冗談では済みませんよ！」

だが、返事はない。戸の向こうの気配も消えた気がする。

「こんな手に引っかかるなんて……」

苛立《いらだ》つ真白に紫音が話しかけた。

「と……閉じ込められちゃったの？」

「そうみたいですね。紫音、スマホは持っていますか？　職員室に電話すれば出られます」

「ス、スマホ……。教室のカバンの中だ。ごめん」

謝られることではない。ものぐさで壊れたスマホを直していない自分には責める資格はないのだ。

真白は出られる場所がないかと探したが、戸の他の外界とのつながりは、小さな明かり取りだけである。とても出入りはできない。

体育倉庫にある物で戸を開けられないかと思ったが、役に立ちそうなものはなかった。

真白がどうにか開けようと格闘していると、紫音が外に向かって叫んだ。

「誰か！　誰かいませんかー！」

「無駄ですよ」と真白が諫《いさ》めた。

「この体育倉庫は、壁が防音仕様なんです。もともとは音楽室になる予定だったからと言われていますが……詳しいところはわかりません」

「そんな……」と紫音が肩を落とす。

それでも二人はどうにか外に出られないかと悪あがきを続けた。相変わらず戸を開けようと引っ張ったり、他の出口を探したり、道具を組み合わせて戸を開ける助けにできないかと考えてみたり、無駄とわかってなお大声を出してみたりした。けれど、あがけばあがくほど出られないという事実がはっきりするだけで、いよいよ諦めるほかなくなった。真白は分厚い体育マットの上に腰を下ろして言った。

「こうなったら誰かが開けてくれるのを待つしかありません。最悪明日になるかも……」

「うん……」

紫音はといえば真白の隣を見つめたままで座ろうとしない。

「何を突っ立ってるんですか。座ったらどうです」

「うん……」

紫音はそう言うと、体育マットに座った。真白とは一人分離れた位置だった。

その空間が真白には辛かった。けれど、それを作ったのは他ならぬ真白であった。

閉じ込められてから、かなりの時間が過ぎた。

体育倉庫内の気温が低くなってきた。日も沈んで真っ暗だ。

隣の紫音を見る。寒さで小さな肩が震えていた。

関わらないと決めはした。けれど、今はそんなことを言っていられる状況ではない。

真白はブレザーを脱いで紫音に被《かぶ》せた。不意に肩に触れた感触に紫音が驚いて真白を見た。

「冷え込みますから」

「でも、真白が」

「私は鍛えているので平気です」

「真白……」

視線が交差すると、互いに外せなくなった。

二人の口が一緒に動いた。

「ごめんなさい」「ごめんね」

声が重なる。

「何をあなたが謝ってるんですか」

「真白こそ……」

真白は自分と紫音の間にある空間を見つめた。

「あの朝、あなたを突き飛ばしてお弁当を……」

「それは私が悪いよ」

「そんなわけありません。突き飛ばした私が悪いに決まって……」

「でも、突き飛ばさせたのは私だから。私が悪いことをしたから真白を怒らせちゃったんだよね。……ごめんね。私馬鹿だからどんな悪いことしたかわからないんだけど」

「それは違います」

真白は紫音へと身を乗り出した。

「あなたは悪いことなんて一つもしてない。私が……勝手に怒っただけ」

「……本当？」

「本当ですよ」

「私のこと嫌いになったんじゃないの？」

「なるわけないでしょう。あなたこそ……嫌になったんじゃないですか。私のこと」

「そんなわけない」

今度は紫音が真白へと身を乗り出した。

「またお昼一緒に食べたいよ。遊びたいよ。どうしたら一緒にいてくれる？」

「それは……」

真白も同じ気持ちだ。紫音と一緒にいたい。だけど、今の彼女と一緒にいると真白は辛い。

しかし、希望はある。今日の夜、真白は父に全てを話すつもりだ。そこから状況が好転するかもしれない。そうすれば……。

「明日……。明日また一緒にお弁当を……食べたいです」

父に話した後ならば、一緒にいても少しは辛くないのではないかと踏んでそう言った。

紫音の喜びようと言ったらなかった。

「嬉《うれ》しい！　じゃあ明日はおせち料理作ってくるね」

「ばか」と真白は苦笑した。

「お正月でもないのに。大体食べきれませんよ」

「でもお正月と同じくらいめでたいよ」

「おおげさな……」

二人の間にあった空間は、いつの間にかなくなっていた。


さらに時間が経《た》った。おそらく閉じ込められてから三時間は過ぎている。いよいよ寒さが厳しくなってきて、真白が紫音と身を寄せ合っていたところで、体育倉庫の引き戸がからからと開いた。今が何時かわからないが、遅い時間なのは間違いない。用務員か、あるいは遅くまで練習していた部活の生徒だろうか。なんであれ、光明だった。月光が少しずつ射しこんでくる。光と一緒に「助かった」という明るい気持ちも湧《わ》いてきた。

戸が開けられる。助けてくれた人にお礼を言おうとして、真白は驚いた。青白い光の中に潤がいたのだ。

「ごめん。すっかり遅くなった」

潤は慌《あわ》てた様子だった。額には汗をかいていて、肩で息をしている。

「潤……⁉　どうしてここに」

真白はマットから立ち上がった。

「偶然君たちが体育倉庫に閉じ込められてることを知ったんだ。二人とも、大丈夫か？」

幸いにして真白も紫音も不調をきたしてはいなかった。真白の後ろで紫音が安堵《あんど》した声を出した。

「よかったぁ。このままおうちに帰れないかと思ったよ」

真白が言った。

「ありがとう、潤。体育倉庫なんかで夜を明かしたらどうなるかわかんなかったわ。でもどうやって私たちが閉じ込められてるのを知ったの？」

偶然知ったと言ったが、そんなことありそうにないと思った。どんな偶然があれば、自分たちが閉じ込められていることを知りえるのだろうか。

「ん？　ああ……」

潤は少しの間を置いてから言った。

「……偶然は偶然だよ。話すようなことでもない。企業秘密ってやつ」

答えてくれなかった。それで真白は潤に疑念を抱いてしまう。けれど、助けてもらった身である以上、踏み込むことはためらわれた。

「そう、なら聞かないけど……」

「うん。ありがとう」

「なんでアンタがお礼を言うのよ。逆でしょ」

「本当に感謝なんてしなくていいから。……君には借りもあるしね」

「借り？」

真白には心当たりがなかった。

「ほら、中学の時……」

「ああ……。あんな昔のこと、気にしなくていいのに」

「とにかく、二人とも無事でよかった。それじゃあ、僕はまだ仕事があるから」

そう言って、潤はそそくさと去っていった。

遠ざかる潤の背を見つめていると、紫音が声をかけてきた。

「帰ろう、真白」

「……ええ」

一緒に数時間ぶりに外に出る。校庭はすっかり暗くなっている。校舎の一階の窓にはまだぽつぽつと明かりがともっていた。教員や事務員が仕事をしているのだろう。

「えっ……」と紫音が真白の隣で呟《つぶや》いた。見れば呆《ほう》けたように校舎を見ている。

「六時過ぎてる……」

紫音が見つめているのは、校舎の外壁に備え付けられた時計だった。

針は六時十五分を示していた。


「いつもは絶対に六時にママになるんだ」

帰り道、紫音はぼやいた。

「こんなの初めて。パパ、怒るだろうな」

「お父さんはあなたを怒ることがよくあるんですか？」

「うん。パパね、ママのことは大好きだけど私のことはあんまり好きじゃないんだ」

それはそうだろう。娘のことが好きなら、人格を矯正して妻に仕立てるなんてことはしない。そんな父の下へ紫音を帰したくないと思った。

「……ねえ、紫音。今からうちに来ませんか？」

「えっ、真白の家ってこと？」

「そうです。どうせ門限を過ぎたんだし。もう少し一緒に遊びませんか？」

「すっごく楽しそうだね」

今夜、真白は紫音の虐待を父に話す。そこに紫音が同席してくれればありがたい。真白は父の警察官としての能力を信頼している。父ならば紫音と少し話せば、違和感に絶対に気付く。虐待の存在を父に信じてもらいやすくなる。

「せっかく仲直りできたんですし、もっと紫音と一緒にいたいです」

これは嘘《うそ》ではないが、紫音を説得するための方便でもあった。

「ありがとう。でも、行けないよ。だって本当は六時までに家に帰っていないといけないんだから」

説得するのは難しそうだと真白は直感する。紫音は誰かに言われたことやルーチンを頑《かたく》なに守るのだ。

話をしているうちに一ノ瀬家に着いた。窓から明かりは洩《も》れていない。

「よかった。パパ、今日も残業みたい」と安堵している紫音に真白は言った。

「……今日家に戻るのは、やっぱりまずくないですか？　いつもはお父さんの相手は怜さんがするのでしょう？　でも今日は……」

「大丈夫。頑張ってママの真似《まね》しようと思うんだ」

それがうまくいくとは真白には思えない。

「嫌でしょう？　怜さんに代わってないのにお父さんと……その……するのは」

ここで嫌だという言葉が引き出せれば、話はずっと簡単になる。

紫音は唇に指をあてて、夜空を見上げながら思案した。

「うーん、どうだろう。多分、嫌ではないかな。ママがしてるのいつも見てるし」

やはりそう簡単にはいかない。それでも食い下がってはみた。

「本当に大丈夫ですか？」

「大丈夫。パパは私のこと好きじゃなくても、私はパパのこと好きだから」

そこからはいつもの水掛け論だったから真白は早々に切り上げた。

真白は一つの提案をした後にこう言った。

「いいですか、紫音。何かあったら私を呼ぶんですよ。約束できますか？」

「うん。何かあったら呼ぶ。約束」

紫音は真白に向かって小指を出した。真白は応じて、小指を紫音のそれに絡ませた。

指切りをして、紫音は一ノ瀬家に入っていった。


紫音は帰宅すると自室に鞄を置き、すぐに夕食の準備に取り掛かった。時刻は七時に近く、いつ信幸が帰ってきてもおかしくない。

どうにか料理を終えた時、玄関の扉が開く音がした。

信幸の帰宅である。玄関へ駆けていく。怜はいつも信幸を玄関まで迎えに行くのだ。

帰宅した信幸に紫音は微笑《ほほえ》んで言う。

「おかえりなさい、パパ」

信幸はただいまを言う代わりに紫音の体を抱きしめた。彼がこういうことをするのを紫音は知っていた。いつもは体の奥底から母が抱きしめられているのを見ている。その時は何も感じない。テレビを見ているようなものだ。けれど、今抱きしめられているのは自分だから、色々と感じた。たとえば臭《にお》い。おじさんの臭いがした。我慢できないわけじゃないけれど、あまり好きな臭いじゃないなと思った。

信幸は堪能《たんのう》するように紫音をしばらく抱いて、言った。

「今日は口数が少ないな」

「睡眠不足なんだ」

この言い訳で紫音は今晩を乗り切るつもりだった。自分には怜のように機転の利《き》いた会話ができないことくらい、紫音にもわかっている。だから、できるだけ会話をせずに済む理由を考えたのだった。睡眠不足と言っておけば、早く寝かせてもらえることも期待できる。

信幸がようやく離してくれた。紫音は言った。

「ご飯できてるよ。一緒に食べよう」

母の笑みを思い出して、できるだけ真似る。そんなに下手ではないはずだ。小学生の頃、母の表情を再現する練習は信幸とたくさんした。自分の中に母の人格を作り出すために、母の動画をたくさん見て、母の写真をたくさん見た。一ノ瀬怜の表情を再現できるように頑張った。できないときはぶたれたし怒られた。できるようになるまで水ももらえなかった日もあった。だから、久しぶりとはいえ上手に母の笑顔を再現できているに違いなかった。

信幸をリビングに通した。テーブルの上に生姜《しょうが》焼きやほうれん草の和《あ》え物《もの》、みそ汁などを並べていく。

冷蔵庫から冷えた瓶ビールを取り出して、蓋《ふた》を開けた。これが紫音の武器である。酔ってくれれば母のふりをしているとバレにくくなるはずだ。

「今日もお疲れ様でした」

グラスにビールを注ごうとする紫音を信幸がじっとりとした目で見ていた。彼はぽつりと言った。

「紫音だね」

思わず瓶を取り落として、信幸の胸にビールをぶちまけてしまった。

「やっぱりそうか」と信幸は言った。かまをかけられたのだと遅れて気付いた。

信幸の目は不快感をあらわにしていた。けれど、それはビールをかけられたことに対してではない。目の前にいるのが妻ではなく娘であることに対してだった。道具に向ける目。体の奥底が冷えるような思いがした。

「パパが抱きしめた時、体が少し強張《こわば》っていた。ママならそうはならないんだよ」

「ご……ごめんなさい」

紫音はすぐに謝った。これ以上誤魔化そうとは思わなかった。できる気がしなかった。

「どうして紫音なんだい?」

「今日、六時までにおうちに帰れなくて。体育倉庫に閉じ込められちゃって……」

紫音の言い分に信幸は耳も貸さなかった。

「最近の紫音は悪い子だね。勝手に友達も作ったようだし」

「あれは……真白の方から話しかけてくれて……」

信幸は席を立った。指の先からビールがしたたり落ちた。

「紫音、パパの部屋に行くよ」

信幸は席から立ち上がると、夫婦の寝室がある二階へと向かった。紫音は小さくなって信幸の後ろをついていった。

寝室にあるダブルベッドの上に信幸は腰かけた。紫音は座らなかった。許可なしに座ってはいけないのだ。父は無機質な口調で話を始めた。

「紫音は、ママのことなんてどうでもいいんだね」

紫音が辛そうにした。

「よくわかったよ。ママなんて消えてしまえばいいと思ってるんだろう?」

「そ……そんなことない……」

消え入りそうな声で紫音は反論する。

「ママのこと、大好きだよ。今でも……」

「だったらどうして六時までに帰ってこなかったんだ」

「それは……体育倉庫に……」

「言い訳は聞きたくないな。ママに体を渡したくなかったんだろう？」

「違うよ！　私の体はママの物だよ。だってママが命懸けで助けてくれた物だもん。私の命はママの物だよ」

それは何年もの間、紫音が信幸から言い含められ続けたことだった。

「そうだ。本当ならね、紫音の人格が残っているのもわがままなんだよ。全部、ママの人格に矯正されてないといけないんだ。それなのに、半分も紫音の人格が残ってしまって。紫音の人格がどうして残っているか、紫音にわかるかい？」

「わ……私の頑張りが足りないから……」

「それもある。でも一番はね、ママが優しいからだよ。ママはお前を愛しているから、半分も人格を残してくれているんだ。紫音はママに感謝しているかい？」

「してる」

「感謝してるのに、紫音はわがままを言うんだね。一日の半分以上、紫音のままでいたいって。ママなんかに渡さない。消えちゃえって」

「違う……。違うのぉ……」

紫音は泣き崩れそうになった。けれど、震える足でどうにか堪《こら》えた。顔を両手で覆《おお》って泣いた。

「ママに代わりたい……。今すぐ代わりたい……」

「反省しているかい？」

「してる。してるよ……」

「じゃあ、罰を受けないといけないね」

「うん。がんばる。どうしたらいいかな」

信幸はサイドテーブルの抽斗《ひきだし》から何かを取り出して床の上に放った。それは電源ケーブルで、真ん中にスイッチが、先端にクリップがついている。自作の通電装置を見つめて、信幸は言った。

「そこにケーブルがあるね」

「うん」

それで紫音は自分のやることを理解した。通電装置をコンセントに刺すと、服を捲《まく》る。青白い腹には、火傷《やけど》による小さな古傷がいくつもある。

「電気の強さはどうしたらいいかな」と紫音は尋ねた。

「それは紫音がどれだけ反省しているかによるね」

「うん……」

スイッチの隣についているつまみで流れる電気を調整できた。それを最大にした。

クリップで薄いお腹《なか》をつまんで、スイッチを持った。

ママに代わらなくてごめんなさい。パパに迷惑かけてごめんなさい。門限を守らなくてごめんなさい。謝りながら、三回自分に電気を通す。それが家のルールを破った時に紫音が自分にしなければいけないことだ。痛いし熱いけれど、悪いのは紫音なのだから仕方ない。

入／切と書かれているスイッチに指で触れて、口を開いた。

「ママに代わらなくて……」

そこで紫音の言葉は途切れた。

何故《なぜ》か言葉に詰まった。不思議な感覚だった。痛みが怖いことが理由ではない。どうしてか真白の顔が浮かんだのだ。自分のことを心配してくれている真白の顔。

私は悪い子だ。ママを死なせた私には、ママの代わりになる以外に価値はない。そんな私なのに、すごく怒って心配してくれた真白。

もう一度反省の言葉を言おうとした。

「ママに……」

なのに、言葉が続かない。普段なら簡単に口にできることが、どうしても言えない。

だってあんなに本気で怒られたら、ママじゃなくて私にも価値があるのかな、なんて思ってしまう。

何度も口をパクパクさせた後で、紫音は震える声で言った。

「ごめんなさい」

紫音はスイッチから手を離した。ケーブルがだらりと床に垂れる。

「言えない」

反抗を口にしたのはずいぶん久しぶりだった。信幸は感情のない瞳《ひとみ》で紫音を見ていた。

「なんて我儘《わがまま》なんだ、紫音。お前はパパからママを奪っておいてそんなことを言うのか」

「ごめんなさい。ごめんなさい」

「仕方ない。今日は特別にパパがしてあげよう」

信幸は紫音からスイッチのついたケーブルを奪った。

「さあ、言いなさい。スイッチはパパが押してあげるから。一緒にママのために頑張ろう」

「う、うう……」

ぼろぼろと涙がこぼれてきた。

「ママのことが好きだろう？」

「好き。好きだけど。言えないの……」

もう嫌だった。私は私として、真白と一緒にいたい。

紫音は泣いた。体じゃなくて、心が痛い。

「た、助けて。真白……」

蚊の鳴くような声でそう言った。けれど、誰にも届くはずはなかった。たとえそれが叫び声であったとしても無駄だっただろう。一ノ瀬家が大きな庭の真ん中に建っているのは、隣家から距離を取るためだ。怜の事故後に引っ越したこの家は、紫音を矯正する計画のために建てられたものだった。幼い紫音が助けを求めて叫んだこともあったが、誰かが聞きつけてくれたことはない。

けれど、その日だけは違った。

信幸が通電装置にスイッチを入れるその瞬間、何者かによって彼の体が後ろへと弾《はじ》き飛ばされた。

クローゼットから真白は弾丸のように飛び出した。そして信幸の側頭部に強烈な飛び膝蹴《ひざげ》りを食らわせた。蹴られた勢いで信幸は壁に激突した。

真白は信幸を見据えたままで、紫音に怒鳴った。

「馬鹿《ばか》！　もっと早く呼びなさい！」

「ま、真白……」

真白は寝室のクローゼットに潜んで、紫音からの合図を待っていたのだ。

一ノ瀬家の前で水掛け論になった真白と紫音だが、そのあと真白は家に帰っていなかった。紫音が怜になっていないことを利用できることに気付いたからだ。人格が交代していないことに信幸が怒って、虐待をするかもしれない。そうなれば私人による現行犯逮捕ができる。それでクローゼットに隠れることにした。「何かあったら自分を呼ぶように」と紫音に言い含めて。

真白は紫音を抱きよせた。強い力だった。紫音は痛かったに違いないが、力を緩めることができなかった。

紫音は真白に縋《すが》りついた。真白に負けないくらい、強い力だった。

「真白が正しかった。私ずっと……嫌なことされてたんだ……」

真白は紫音を見ることができなかった。起き上がろうとする信幸に注意を向けていたからだ。彼は真白と紫音を見ている。

「動かないでください。暴行の現行犯で逮捕します」

真白はキッチンから持ってきていた牛刀包丁を構えた。彼女は柔道を修めているから、一対一ならば華奢《きゃしゃ》な信幸には負けないだろう。だが、紫音を守りながらではどうなるかわからない。そのため、敵をわかりやすく威圧する武器が必要だと考えたのだ。ダマスカス鋼の大きな刃が、無慈悲な光を放っている。

けれど、それに圧されるような様子は信幸にはなかった。彼は静かな瞳をしていた。

「そうか。逮捕か」

奇怪な感情が浮かんだ瞳。何もかも諦《あきら》めている風なのに、明確な邪悪さがある。こんな目をする人間を真白は初めて見た。

「いつかはこういう日が来ることはわかっていた。こんなこと、いつまでも隠し通せるはずがない。それでも私はママに会いたかった」

言いながら、信幸は電気ケーブルを手に二人に向かって歩いてくる。

「動かないでと言っているんです」と真白はひときわ大きな声を出して、威嚇《いかく》するように包丁を突き出した。

「刑務所に入る気はない。ママがいないところに、私がいる意味はないからな」

そう言うと信幸は床を蹴った。二人に向かって突っ込んでくる。信じられないことに、包丁を恐れる気配が全くない。それは真白にとって完全に慮外のことだった。信幸に怪《け》我《が》をさせるわけにもいかず、包丁は下ろさざるを得なかった。その瞬間、目の前で火花が散った。頭を肘《ひじ》で殴られたらしい。真白は崩れ落ちて、サイドテーブルのへりに頭をしたたかに打ち付けた。

「真白！」と紫音が叫ぶのが聞こえた。

真白はすぐには立ち上がれなかった。どうにかテーブルを支えに立とうとするが、足にうまく力が入らない。頭もくらくらしていた。

朦朧《もうろう》としている真白の耳に、何かが引き倒される音が聞こえた。

「いや！　いやぁ！　やめてパパ！」

どうにか真白は顔を上げる。視界に飛び込んできたのは、紫音の上に馬乗りになって、彼女の上衣《うわぎ》を脱がしている信幸だった。露《あら》わになった胸の中心に電気ケーブルを触れさせようとしている。

まずい。電気ケーブルが胸に触れれば、心臓に電流が流れるだろう。電流が大きければ心室細動で死ぬ可能性が高い。

信幸は言っていた。刑務所に入る気はないと。全て諦めているのに邪悪な瞳。その意味がわかった気がした。

心中しようとしているのだ。

「……ふ、ふざけるな」

そう呻《うめ》いた時、足に力が入った。怒りが真白を動かした。

ここまで紫音を玩具《おもちゃ》にしておいて、命まで好きにさせてたまるものか。

真白は駆けていた。電気ケーブルは胸に触れる寸前だ。もはや一刻の猶予《ゆうよ》もない。悲鳴が聞こえる。紫音の泣き叫ぶ声。自分に助けを求めている。助けて真白と。ならば私はそれに応《こた》える義務がある。

今度は絶対に、負けられないのだ。

だから、真白は振り上げた。

「死ぬなら一人で死ね」

そして振り下ろした。

真っ赤な飛沫《しぶき》が上がった。

その時の感覚を真白は一生忘れない。肉を断つ手応え。体液の生温かさ。顔と制服を染める紅《あか》。見事な波紋が施された刃《やいば》が、水でも断つような柔らかさで肌色を開いていった。

牛刀包丁は、信幸の首を掻《か》っ捌《さば》いていた。

信幸は悲鳴もなく倒れた。手から離れた電気ケーブルは、紫音に触れることなく床に転がった。床の上で数秒だけ、信幸は蠢《うごめ》いていたが、すぐに全く動かなくなった。首からだくだくと流れ出る赤。じわじわと血だまりが広がっていく。

「あ」

少しの時間差があって、さっき断ったものが命だったことを真白は理解した。途端、体がぶるりと震えた。背筋をぞわりとしたものが駆け抜ける。牛刀包丁を持つ真っ赤な手が、わなわなと震えだした。

暑くもないのに、運動もしていないのに、呼吸が荒くなる。それを抑えられない。

「はっ、はっ、はっ、はっ」

心臓がバクバクいっている。湧き上がってくる感情の整理がつかなくて、頭がパンクしそうだった。血管が脈打つような激しい頭痛がした。

多分、かなり長い間、真白は茫然《ぼうぜん》としていた。ただただ浅い呼吸を繰り返していた。ようやく呼吸が落ち着いてきて、やっと真白は倒れている信幸に声をかけた。

「信幸……さん……？」

返事などあるわけがない。とっくに死んでいる。首の深いところまでぱっくり切れていた。血の海はすでに大きい。

「あ、あ……」

真白の手から牛刀包丁が零《こぼ》れ落ちて、からんと音を立てた。

終わった。

殺した。

人を、殺した。

いや、違う。これはやむを得なかった。紫音を助けるための正当防衛だ。警察を呼んで、事情を説明すれば……。ダメだ。正当防衛が認められるかは苦しい。ここまでざっくり首を掻っ捌いておいて……。牛刀包丁だ。なんでそんなものを持ってるという話になる。護身用で持ってましたなんて言い訳、通るはずが。成立してもよくて過剰防衛では……。いや、そんなことよりも……。

放心状態の真白の傍に紫音がやってきた。

「パパ……？」

紫音は死体を見下ろしている。彼女も真白と同じだけの時間、茫然としていたようだった。

「……死んじゃったの？」

「し……しお……しおん……」

謝って許されることではない。虐待《ぎゃくたい》していたとはいえ、自分は紫音の父を殺したのだ。どうしたら許してもらえるだろうか。

「ごめんなさい……ごめんなさい……」

動かない父を紫音は見つめていた。

「……私ね」

そして、ぽつりと言った。

「今日たくさんのことに気付いたんだ」

「ごめんなさい……ごめんなさい……」

「パパがおじさん臭いってこと。パパに触られると気持ち悪いってこと。パパのことがずっと嫌いだったってこと。それと……」

紫音は信幸の頭を蹴った。

「パパが死んでも、全然悲しくないってこと」

その言葉で真白の意識は現実に引き戻された。あの穏やかな紫音が言ったとは思えないほどに冷たい声だった。

「真白。私、全然怒ってない。むしろありがとうって思ってる」

「は……」

「この死体、隠そう。安心して。山に埋めればバレないんだよ。ドラマで見たもの」

「紫音、何言って……」

「だっておかしいよ。私を助けてくれた人が捕まるなんて」

「た、確かに私はあなたを助けたかった。でも……だからといって、許されない。人の命を……」

めまいがする。それを抑え込むように額に指を当てる。

「警察を……呼びます。自分のしたことに、責任を持たなくては……」

かすれた声。搾《しぼ》りだした声。胸の奥の抵抗を抑え込んでどうにか口にした。必死の宣言だったが、紫音は……。

「ダメだよ、真白」

紫音がやってきて、真白の手を握った。紫音の手も赤く染まった。

「嘘はつかないで。本当は捕まりたくなんてないでしょ」

紫音の瞳が真白を見ている。いつもは小動物のように愛らしい紫音。けれど、この時だけはどうしてか蛇のように思えた。

「真白は私を助けてくれた。だから、お願いよ。今度は私に真白を助けさせて。私のために、警察を呼ばないで」

父の姿がよぎった。自分が捕まったら、父が警察を続けられなくなってしまう。警察官になるという自分の夢も閉ざされる。今日までの頑張りも無駄になる。

紫音の言うとおりだ。真白だって、捕まりたいわけじゃない。

それでも、その場で言葉を返せなくなったのを紫音のせいにするつもりはない。すべては自分の心が弱いせいに決まっていた。

言い訳が心の中で連なった。殺したくて殺したわけじゃない。殺されても仕方ない人間だった。罪状からして現行法では死刑にできない以上、誰かが殺すべきだった。

そうして真白は。

静かに頷《うなず》いた。

――すべて罪を犯す者は罪の奴隷《どれい》である。

福音書の言葉がよぎった。

頷いた真白を見て、紫音が満足そうに微笑んだ。

「じゃあ、決まりだね。山に行こう」

紫音の切り替えは早かった。死体の腕を掴んで、部屋の外に引きずって行こうとする。

「ダメです」と真白が止めた。まだ自分で自分がわからない。本当に犯罪を隠匿《いんとく》する覚悟があるのか。ただ、なんであれ紫音の行いが正解でないことだけは明確だった。だから、彼女を止めていた。

「山に埋めたところでバレます。野犬が掘り起こさないようにするためには三メートルは掘る必要がありますから……。そもそも死体を運ぶのが難しい」

真白の口は機械のように今日まで学んできた殺人事件に関する知識を吐き出す。

「小柄とはいえ男性。バレずに運ぶには、楽器ケースにでも入れないと……」

「バラバラにすればいいんじゃない？」

「バラバラにすれば運べはしますが、分散して埋めると見つかるリスクが……」

そこで真白の言葉は止まった。

「バラバラ……」

潤が公園で読んでいた赤黒い本を思い出していた。


一九九三年に埼玉で発生したその連続殺人事件は、ペット販売業を営んでいた夫婦が四人の男女を殺害したものである。被害者四人の遺体は解体・焼却された。

真白は色んな殺人事件について学んできたが、これが一番恐ろしいと思っている。遺体が解体されているからではない。確かにそれは恐ろしいことだが、その手の猟奇的事件はそれほど珍しくはない。真白がこの事件を恐ろしいと思う理由は別にある。

真白は思ったのだ。

――この手法を真似れば、自分でも人間一人くらいならバレずに殺せると。

この事件の特異性は、遺体を徹底的に解体してしまったことにある。全《すべ》ての肉は三センチ四方に細かく切られ、川に捨てられた。魚に食べさせて処理するのである。骨は廃油をかけて、ドラム缶で焼却する。灰にして撒《ま》くのだ。

肉と骨さえどうにかしてしまえば、死体はもはや無いも同然である。遺体が出なければ、犠牲者のことは行方不明と警察は処理をする。


真白は紫音と二人で、信幸の遺体を風呂場《ふろば》に運んだ。二人暮らしにしてはかなり広い風呂場だった。遺体の服を脱がせて床に置く。紫音が包丁をたくさん持ってきた。

「お料理するから、包丁はたくさんあるの。砥石《といし》もあるから言ってくれれば研げるよ」

真白と紫音も全裸になった。これから自分たちのすることは、服を大変に汚す。

「紫音……。本当にいいんですか？」

「何が？」

「私に協力したらあなたも犯罪者になってしまう。死体を刻むのも罪になるんですよ。

私は……あなたを犯罪者には……」

「そんなこと気にしないで」と紫音は力強く微笑む。

「そんなことって……」

「真白は私を助けるために悪いことをしてくれた。今度は私が真白を助けるために悪いことをするの。お揃《そろ》いだよ」

「いや、でも……」

ざん。

紫音はにこにこしながら、持っていた牛刀包丁を信幸の胸に突き立てた。

「これでもう、やるしかないよね？」

紫音が時々頑なになることは知っている。けれどこの時の強硬さはいつもの比ではなかった。

「紫音……。恩に着ます」

「いいって。友達でしょ」

もう進むしかない。

……どこから刻もうか。

手からにしよう。手首を切り取って、そこから肉を削《そ》いでいこう。人参《にんじん》を切るときのように、信幸の右手首を押さえ、包丁をあてがう。そこで真白の動きは止まった。

刻むのが怖い。

判然としない恐怖だった。人を解体するのが怖いのだろうか。違う。法医学の文献をたくさん読んだし、父が作成中の刑事記録を拝借して凄惨《せいさん》な事故現場や死体の写真も盗み見ている。おそらくグロテスクな死体への耐性はある。では何故……。

ただ感覚があるのだ。これをバラバラにしたら、取り返しのつかないことになるという感覚。それが真白の手を止めている。

青ざめている真白の耳に、鈍い音が聞こえてきた。

ごり、ごりごりごり、ぶちっ。

紫音だった。紫音が信幸の左手首を切り取っていた。そのまま指の肉を切り落としていく。

「人の肉って、牛の肉とあんまり変わんないね」と笑顔で真白に言う。

「あなた……大丈夫なんですか？」

「何が？」

「人の肉を切るの……」

「全然大丈夫。だって真白のためだもの。あ、お肉は三センチ四方に切って、ビニール袋に入れればいいんだよね？」

紫音は信幸の手の肉を小さく切り取っていく。紫音の手は血で真っ赤だった。

「私ね、真白が好き。大好き。真白が思っているよりもずっと真白のことが好きなんだよ。だからね、私は真白のためならなんだってできるんだ」

ビニール袋にサイコロステーキ大の肉を放り込んでいく。少し前まで手首だったものを。まるで屑籠《くずかご》にゴミを投げ入れるみたいに。

「今度は私が真白を守るんだから」

手首をあっという間に解体した紫音は、前腕部に取り掛かろうとしていた。肘に刃を押し込んでいく。

気付けば真白の中の弱気が薄らいでいた。

紫音が頑張ってくれているのに、自分が何もしないわけにはいかない。

真白は信幸の手のひらに刃をあてがう。

柄を握る手に、力を込めた。

一度切ってしまえば、あとはすんなりしたものだった。

くだんの連続猟奇殺人事件の犯人たちは、二時間もあれば人間一人を解体できたという。

だが、真白と紫音では三時間ほどかけても半分も解体できなかった。

時刻はもう十一時を回っている。

「真白、今日はうちにお泊りだね」と言う紫音はすごく楽しげだ。

「いえ、悪いですが家に帰らせてもらいます」

「え、なんで？　こんなに大変なことが起きてるのに」

この時には真白も人間の解体に慣れてきていた。人殺しのショックも薄らぎ、平時の冷静な思考力をいくらか取り戻していた。

「大変なことが起きてるから帰るんです。いいですか、紫音。信幸さんは行方不明として警察に処理させます。いなくなった日時の近辺で私たちに怪しい動きがあったら、警察に事件解決の糸口を与えることになるかもしれません。私たちはいつもより意識して、いつも通りに過ごさなくてはいけないんです」

今晩は真白の父が帰宅する。外泊したという記録は残したくない。

「じゃあ……私は明日学校に行った方がいい？　行かずに解体し続けるつもりだったんだけど」

「行ってください。私も行きますから」

風呂場でシャワーを浴びた。全身が血と脂《あぶら》でべとべとだったからだ。半透明の赤いお湯が排水口へと吸い込まれていく。消臭スプレーも後で借りなくてはならないだろう。

死体の隣で汚れを落としながら真白は言う。

「深夜にまた来ますね」

「いいよ。ゆっくり家で寝て。解体は、私がやるから。私、これ結構得意みたい」

「私がすべき後始末をあなただけにさせるわけにはいきません」

真白はシャワーを止めると、死体をまたいで風呂場を出た。

風呂場の外に準備されていたバスタオルを借りて、体を拭《ふ》く。背後から肉を切る音が聞こえてくる。確かに普段料理をしている時に聞く音と変わらない。

真白の制服には血がついているから、紫音の服を借りた。体の汚れは当然全て落としたが、血の臭いが染《し》みついている気がした。家に帰ったらちゃんとお風呂に入る必要があると思った。父は血の臭いに敏感な気がした。

紫音の家を出た。夜の街。歩きなれた街並み。なのに初めて来た場所のように感じた。高揚感でふわふわしている。夢の中にいるみたい。体に触れる何もかもが現実感を喪失していた。通常の精神状態ではない。

雨が降ってきた。しとしとと降られながら、唄《うた》って帰った。

自宅に入る。まだ父は帰ってきていなかった。昨日からの仕事が長引いているのだろう。父は頑張って悪人と戦っているのだ。娘が殺人を犯している時に。

「ふふ」

ちょっとおかしくて真白は笑った。笑っちゃいけないのに。

予定通り風呂に入った。体も髪も入念に洗った。シャンプーもボディソープもいつもの三倍は使った。

風呂から出ても父はまだ帰っていなかったので、メッセージを送った。

『夕飯は食べた？』

恐らく食べているだろうと思ったが、食べていないといいなと思った。父に夕食を作りたかった。多分、今日もいい子だったというアピールをしたいからだろうと自己分析した。

珍しくすぐに返事が来た。

『食べてない』

『じゃあ作るね』

『もう遅いし、無理しなくていい』

『ううん。作りたいの』

メッセージを打ちながら真白は冷蔵庫を開けていた。そわそわしていて、動かずにいることが難しかった。おかずにできそうな食材は不運にも昨日スーパーで買った鶏《とり》もも肉しかなかった。

結局、夕飯は唐揚げにした。肉を切りながら思い出す。くだんの連続殺人事件の犯人が、人肉を刻むときは最低でも唐揚げくらいの大きさにしなければいけないと言っていたらしいこと。

思いの外、平常心で唐揚げが作れた。もっと参ってしまうかと思っていたから意外だった。もしかしたら少しだけ頭が変になっているのかもしれない。じゅわじゅわと細かな泡が浮かんでいる揚げ油。そこに浸《つ》かっている肉を眺める。何もかも現実感が乏しい。

ちょうど夕食の支度が終わった時に、家の扉が開く音がした。エプロンをしたまま、真白は玄関へ向かった。疲れ切った様子の父がいた。髪と髭《ひげ》が伸びている。よれたシャツからは煙草《たばこ》の匂《にお》いがしたが、真白にはそれがかっこよかった。

「おかえりなさい」

「ああ、ただいま」

「ちょうどご飯できたところだけど、お風呂からにする？」

「いや、ご飯からにしよう。せっかくお前が作ってくれたんだからな。温かいうちに食べたい」

父はコートをラックにかけるとすぐにダイニングへと向かった。真白はその後ろをついていく。

夕食を見つめて、父は微笑んだ。疲れているはずなのに心底嬉《うれ》しそうで、穏やかな表情だった。

「苦労かけるな、真白。母さんがいないばっかりに」

「こういう時は、ありがとうでしょ」

「そうだな、ありがとう」

二人で夕食を食べ始めた。父を前にして気後れするかと思ったが、普段通りにふるまえた。父は真白の作った唐揚げを何度も褒めていた。

真白が掻っ込むように唐揚げを食べたから、父は驚いていた。どうしてかお腹が空《す》いて仕方なかった。何か月もダイエットをした後のような食欲だった。

団欒《だんらん》が続いた後で、父が切り出した。

「それで昨日お前が電話で言っていたことだが」

和やかだった空気が少し緊張した。父は食事をする手を止めて、真白を見た。

「話があるんだろう。大事な話が」

「ああ、うん……」

真白も箸《はし》を止めた。

「すごく大事な話。多分父さんは……怒ると思う。でも、言わなきゃいけないから」

「言ってみなさい」

父の声は低かった。少し怖い。だが同時にどんな話であっても、受け止めようという気持ちも感じられるように思えた。

「父さん、私……」

真白は言った。

「刑事になる」

これを父に伝えるのは初めてではない。だが、今晩はいつも以上に強い決意のもとに伝えた。自分が罪を犯したことで、その思いを強くしていたのだ。罪を犯した以上は、それを贖《あがな》う行いをしていかなくてはいけない……。

父は「そうか」と言った後にしばらく黙った。そして、こう続けた。

「真白、刑事になるのはやめなさい」

「なんで」

自分の声に怒りが籠《こも》るのがわかった。

「俺を見てればわかるだろ。毎日ろくに帰れやしない。娘の面倒すら見てやれない有様だ。お前に就かせたい仕事じゃない」

「でも、やりがいがあるよね。大変な思いをしてでもやる価値がある仕事でしょ。だから続けてるんでしょ」

父の沈黙が肯定なのはわかりきっている。そうやって人のために頑張れる父の背中を追って今日まで生きてきた。

「私は平気だよ。家に帰れなくたって。私の頑張りで誰かを助けられるなら」

「誰かのためになる仕事は刑事以外にもいくらでもある」

「どうしてそんなに頭ごなしに否定するの」

続く言葉は胸にしまった。

——私は父さんみたいになりたいのに。

「父さんはいつもそう。私は鍛錬も勉強も頑張ってるよ。中学の時、柔道の大会で優勝したよね。学校の成績だって学年一位だよ。今だって、自分のお小遣いで本買って法学や刑事事件の勉強してるの」

「努力は認めてる。既にお前は並みの刑事より能力が高い。お前のように目的意識の高いヤツもそうはいない」

「だったらなんで」

父はぼそりと言った。

「刑事は銃を持つんだよ」

馬鹿にされているのかと真白は思った。

「何言ってるの。そんなの子供だって知ってるわよ。意味がわかんないんだけど」

父は答えてくれなかった。

またこれだ。父は真白が刑事になることに反対するくせにその理由を教えてくれない。

「もういい」と真白は吐き捨てた。

その先の食事に会話はなかった。

食事を終えた後、真白は自室に入って眠ったふりをし、父が眠るのを待ち続けた。幸いにして父はすぐに寝室に向かってくれた。連日の勤務で疲れがたまっていたのだろう。少し待って、真白はこっそりと父の寝室の扉を開けた。深い眠りに落ちているのを確認してから、家を出た。

時刻は午前二時だった。

紫音の家に着くと真白は玄関先に置いてある植木鉢を持ち上げる。下から小さな鍵《かぎ》が出てきた。紫音はさっき鍵の在《あ》り処《か》を教えてくれていた。今の彼女では、インターフォンを押されても血まみれで対応できない。

鍵を開けて、中に入った。風呂場は一階にある。近付くと胸が悪くなるような悪臭がした。血と脂、それに混じる糞《ふん》の臭い。それで真白は、紫音が信幸の腹を裂いたことを理解した。これは大腸内の人糞の臭いだ。

真白は風呂場に入る。思いの外、綺麗《きれい》だった。確かにおぞましい状況ではあった。赤黒い血が床を染め、肉片や臓器の欠片《かけら》が飛び散っている。その中心に紫音がいて、風呂場の出入口には大きなビニール袋が合計で五つあった。それぞれの袋には、肉、骨、内臓、その他がきれいに分けられて入っていた。肉の袋は二つあった。一つでは入りきらなかったのだろう。解体は八割ほどが終わっていた。

「あっ、真白」

血まみれの紫音が真白へと振り向いて笑った。

「おかえり」

真白は赤い袋を見つめて言った。

「これ、全部紫音が？」

「うん？　変なこと言うね、真白。私以外に誰がやるの？」

紫音は不安げな顔になった。

「もしかしてやり方、間違えてる？」

「いえ……。むしろ完璧《かんぺき》に近い」

「やった。あと一時間くらいで全部終わると思う。コツが摑《つか》めたからね」

解体を始めてから六時間ほどであった。

「何をそんなに驚いてるの、真白」

「まさかあなたがこういうことが得意とは思わなくて……」

「得意だよ。同じことの繰り返しはすごく得意。骨と肉を分ける。肉はサイコロステーキくらいの大きさにする。内臓と骨と肉とそれ以外に分けてビニール袋に入れる。それだけだもん」

簡単な反復作業が得意。そこに真白は虐待の傷を見たように思った。

真白もすぐに服を脱いで、残りの解体を手伝った。

二人でかかると、一時間足らずで終わってしまった。

互いに体の血を洗い流す。二人で風呂場から出た。髪を乾かしながら、真白は紫音に言った。

「紫音のおかげで、ずいぶん早く解体が終えられました」

「役に立てたなら嬉しいな。いつも助けられてばっかりだから。この後は焼くんだっけ。お庭で今からやる？」

「そんなことしたらすぐにバレます。明日、準備を整えてから山に向かいましょう」

楓花町は繁華街から少し離れると一気に寂れる。山もそこまで遠くないところにあるのだ。

思いのほか早く解体が終わったのは幸運だった。これで明日の放課後にするつもりだったことを繰り上げられる。

「紫音、買い物に行きますよ」

繁華街には二十四時間営業のディスカウントストアがある。煌々《こうこう》と光っているビルは不夜城めいている。中に入ると底抜けに明るい歌声がスピーカーから流れていた。

紫音は終始はしゃいでいた。たかが買い物に来ただけなのに、何がそんなに楽しいのかと聞いた。暗い中を二人で町を歩くのがまるで修学旅行みたいだと彼女は嬉しそうに言った。そんな修学旅行はないと言いそうになったが、その直前で自分が間違っていることに気付いた。多分、夜更《よふ》かしして一緒に過ごしているのが、修学旅行の夜みたいだと紫音は感じているのだろう。そう思うと真白も少し楽しくなったような気がした。

ビニール袋を手に一ノ瀬家に帰った時には、時刻は朝の五時半を回っていた。

「買ってきたもの、早速使いましょう」

真白がビニール袋から取り出したのは猿轡《さるぐつわ》、手錠、目隠し、耳栓である。耳栓は日用品のコーナーに、それ以外はアダルトグッズコーナーに売っていた。

紫音が尋ねてきた。

「なんでそんなもの買ったの？」

「あなたの人格交代を防ぐためです。ほら、朝夕六時に人格が変わるでしょう？」

「あ、そうだ！　まずいよ、あと三十分でママに代わっちゃうかも」

慌《あわ》てる紫音を真白が宥《なだ》めた。「安心して。それを防ぐために目隠しとかを買ってきたんですから」

紫音が首をかしげる。

「どうして目隠しとかで人格交代が防げるの？」

「これらで体育倉庫の状況を再現するからです」

「体育倉庫の……？」

「紫音、あなたは毎夕六時になると怜さんになってしまうと言ってました。けれど、昨日は変わらなかった。その理由を体育倉庫にいたからだと私は考えたんです。体育倉庫の環境が、どうしてかあなたの人格交代を防いだのでしょう。だから、体育倉庫の環境を再現できれば、人格交代は防げるかもしれない」

「言われてみればそうかも」

「私が思うにあの体育倉庫の環境は三つの要素で構成されていました。『暗さ』『静けさ』『寒さ』です。『暗さ』は目隠しで、『静けさ』を耳栓で再現する。『寒さ』については今の季節ならどこでも再現できるでしょう」

「あれ？　それなら手錠と猿轡はいらなくない？」

「それは万一、怜さんになってしまった時の保険です。前もってあなたを拘束しておけば、人格交代が起きても対処できる。怜さんになってしまった場合は、悪いけど再び六時を迎えるまで拘束させてもらいます」

「なるほど……」

だが、紫音にはまだ気がかりなことがあるようだった。

「でもさ、この体育倉庫の再現が失敗して、ママと私が入れ替わったら、どうやって見分けるの。ママはきっと私のふりをするよ。真白に見分けられるの？　パパにはできたみたいだけど……」

「私には無理です」と真白が言うと、紫音は落ち込んだ顔をした。

「でも、手立てはあります」

真白はリビングに置いてあるアップライトピアノを見つめた。

「紫音は絶対音感を持っているでしょう。その音感は、怜さんにはないものだったはず」

「そうだよ。ママはあんまり音楽得意じゃなかった」

「だったら絶対音感を利用すれば、見分けることは容易です。あなたに見えないように鍵盤《けんばん》を叩《たた》いて、その音名を当てさせればいい」

「あっ。頭いい！」

時刻はもう六時近かった。さっそく二人は準備に取り掛かる。

廊下に移動した。一ノ瀬家は構造上、廊下がとても冷え込むようだった。昨日の体育倉庫と同じくらいには寒い。

「うふふ」と目隠しをされながら紫音が笑った。

「何がおかしいんですか」と真白は拘束具をつける手を止める。

「なんかいけないことをしてる気分」

「今更ですね」と真白は笑った。こんなことよりよっぽどいけないことを自分たちは立て続けに行っている。

ほどなく準備は整った。真白は部屋の時計を見つめて、六時になるのを待った。

やがて六時になった。

目の前の紫音に変化はない。拘束されて大人しく座っている。

「始めますよ」

真白は紫音から借りたスマホを片手に、リビングにあるアップライトピアノに向かった。スマホには音名とそれに対応する鍵盤の画像が表示されている。音楽教室のサイトで見つけたものだ。それを見ながら鍵盤を叩く。高い音が廊下まで届いた。即座に紫音が言った。「二点ハ」

スマホの画像と見比べる。合っていた。

その後も二回ほどランダムに鍵盤を叩く。紫音はよどみなく正解したので、拘束を解いた。

拘束を外された紫音はどこか自慢げだった。

「お望みならピアノで演奏もしてみよっか？」

「それはまた今度に」

「残念……」

「紫音には申し訳ないですが、この音名テストは今日の夕方にも行います。そして明日の朝も」

「そうだよね。これって朝夕毎日やらないとダメだよね」

「負担をかけてしまいますが許してください」

紫音が難しい顔をした。

「……負担なのは真白じゃないの？　毎日、朝の六時と夕の六時に私に会いにくるつもり？」

「やらざるをえないんだから、仕方ありません。いいんです。元はと言えば私の失敗から始まったこと。私が負担を負うのは当然……」

真白の言葉はそこで途切れた。紫音が深刻そうな目つきで自分を見ていたからだ。

「そんなこと、現実的じゃないよ」

「私もそう思いますが、これ以外に手が……」

「それに真白、さっき言ってたよね。私たちはこれからも普段通り過ごすって。夕の六時はともかく朝の六時前に毎日私の家に来るのは、全然普段通りじゃないよ」

「じゃあ、どうしろというのですか」と真白が聞くと、紫音は彼女らしからぬ力強い声で言った。

「朝は私に任せて。廊下で目隠しとかするくらい私にだってできるよ」

「でも、万一失敗して人格交代したらどうするんです。それに対応するためには私が立ち会わないと……」

「真白。全てを完璧にはできないよ。できないことはできないの」

紫音は鈍いが、それゆえに鋭い。

「一人で抱え込まないで。私たちはもう共犯なんだから。負担は二人で分けよう。大丈夫、私はルーチンワークってやつは得意なんだ。絶対に毎朝、拘束を忘れたりしないよ」

紫音の言葉には説得力があった。今日まで見てきた紫音は、病的なまでに日々のルーチンを守ろうとしていた。

真白にだってわかっている。毎朝六時に紫音の下へ赴くことが無理であることは。

考えた末に、真白はとんと紫音の胸を拳《こぶし》で叩いた。

「……信頼します」

紫音は嬉しそうにした。「そうこなくちゃ」

「でも夕の六時には私が必ず立ち会います。その時に音名テストも念のため行うことにしましょう」

六時半。やるべきことは全て完了した。あとはいつも通り学校に行くだけである。すでに替えの制服と鞄《かばん》は家から持ってきていた。

登校の時間まで休憩しようとソファーに座ろうとした時、紫音が言った。

「学校に行くなら、まだ一つ終わってない準備があるよ」

「終わってない準備?」

何か忘れていることがあるだろうかと思案する真白に紫音が言った。

「一緒にお弁当作ろうよ」

なんだそんなことかと真白は思った。

「今日は土曜だから、半日授業ですよ」

そうでなくてもとてもお弁当を作りたい気分じゃない。

真白の精神は明らかに変調をきたしていた。はずみとはいえ人を殺し、その解体を行ったのだ。

「半日授業でも、食堂でご飯食べてる人いるよ。私たちもそうしようよ」

紫音の言葉を受けて、少し考える。

普段通りの生活を送ろうと言ったのは自分だ。紫音と仲直りをしたのなら、自分たちはお弁当を作り合うのが自然かもしれない。

「作りましょうか、お弁当」

「決まりだね」と紫音が手を合わせて喜んだ。

二人でお弁当を作った。真白が卵焼きを焼いて、紫音は動物の顔を模したおにぎりを握った。

全く不思議なもので、明らかに異常な状況でありながらお弁当作りは楽しかった。いや、異常な状況だからこそ楽しかったのかもしれない。

フライパンの上の卵を箸で巻きながら思う。お弁当作りを断らなくてよかった。このところ、自分たちは一緒に過ごすのを避けてきた。だから、それが再開されるその一日目には、二人で作るお弁当がとても相応《ふさわ》しいものに思えた。

作り終えたお弁当を鞄に入れた。制服に着替えて、いつでも家を出られるようにした。時刻はまだ七時すぎで、登校には三十分ほど余裕があった。二人はソファーに並んで座っていた。ともに疲れと睡魔に襲われていた。

「そういえば寝てないね」と隣の紫音が言った。

「死ぬほど忙しい半日でしたからね」と真白が言った。

「少し寝よっか」

「アラームセットしないと」

紫音がスマホをいじりながら言った。

「良い日だった」

「良い日……？」

「真白と仲直りできて、真白がかっこよくて、真白と一緒に遊んで、真白とお買い物に行って、真白とお弁当作って、真白と眠るの。生まれてきて、今日が一番良い日だった」

「親を殺された日なのに……」と真白は苦笑した。

少しでも眠ろうと真白は目を閉じてみた。

「ちゃんと寝られるでしょうか」

「どうして？」

「怖い夢を見るかも」

人を殺したとあれば、安眠できるわけがない。

今も手に残っている。信幸の首を裂いた時の感触と、血の生温かさ。

震え出しそうになった真白の手に温かいものが触れた。紫音の手だった。紫音は包み込むように真白の手を握った。

「こうしてれば、怖い夢は見ないよ。ママがよくやってくれたんだ」

「……こんな子供だまし」

口ではそう言ったのに、手は勝手に紫音のそれを握り返していた。

暖かい波のような眠気が真白の意識をさらっていく。

「おやすみ、真白」と心地のいい声がした。

怖い夢は見なかった。

十二月五日（土）

学校ではいつも通りに過ごすことを心掛けた。睡眠不足なので授業中に居眠りをしてしまうのではないかと心配していたのだが、存外に眠くはならなかった。今朝、少しとはいえ眠れたのがよかったのかもしれない。

紫音とお弁当を食べると、そのまま一ノ瀬家に向かった。いよいよ死体を遺棄する。一ノ瀬家にスーツケースが二つあったのは好都合だった。それらを持ち、二人でリュックを背負って、二人で家を出た。リュックにはビニール袋に小分けした骨と内臓とその他、ライト、血濡《ちぬ》れた制服、殺害現場の血をぬぐったタオルが入っている。血の臭いが漏れるのを防ぐために、ビニール袋は何重にもした。スーツケースの方は空っぽだ。

まずはホームセンターに向かうと、灯油とそれを入れるためのポリタンクを買った。ポリタンクを真白のスーツケースに入れて、バスに乗った。バスの行き先は、楓花町の外れにある野鹿《のじか》山の麓《ふもと》だった。夏にはキャンプでにぎわう山だが、冬はかなり寂れる。近くに薪《まき》の販売店があるので、そこで薪を買うと紫音のスーツケースに入れた。

山道を登るのは大変だった。荷物が重いし、道も悪い。あまり深くには入れそうになかった。途中、山道から外れた場所に小川が見えたからそこに向かった。岸辺で骨を焼くつもりだった。山道からは見えないところまで真白はスーツケースを引きずりながら進んだ。日頃から体を鍛えていなければとても運べなかっただろう。

「ここなら人目につかないでしょう」

冬の山で人は少なく、山道からも外れた場所。人が来るとは到底考えられなかった。

真白がビニール袋を取り出そうとリュックを開けた時、紫音が声をかけた。

「真白、見て」

彼女が指さす方向には赤くさびたドラム缶があった。不法投棄に、今だけは感謝した。本当なら荷を置いて再びホームセンターに買いに行くつもりだったが、その時間が短縮された。

二人は少しだけ休んだ後、骨を焼き始めることにした。

ドラム缶の中に薪と拾った枯れ葉や枝を入れる。灯油をかけた後、マッチを放り入れて火をつけた。赤い炎と白い煙がゆらゆらと立ち昇る。

二人はリュックから骨を取り出すと、灯油に浸してドラム缶に放り込んだ。ドラム缶の周りは暖かくて、自然物が燃えるいい香りがした。肉と違って、骨は焼いても臭《にお》わない。猟奇殺人事件の供述調書で読んだとおりであった。

よく燃えている。真白は燃え盛る炎をぼうっと眺めていた。赤と黄色と白が混じったような色合いの炎は、非現実的な光景に見えた。

これと似たものをどこかで見た。

……そうだ、キリスト教の教科書だ。そこに載っていた絵画。

煉獄《れんごく》の絵。

赫赫《あかあか》と燃え上がる炎。それに焼かれる裸の人々。けれど、彼らの顔に苦痛はなく、むしろ恍惚《こうこつ》とさえしていたのが印象的だった。

罪人は煉獄の火で罪を清められ、天国に至るらしい。だから、彼らは身を焼く苦痛も嬉々《きき》として受け入れる。それはきっと体の痛みなんかより心の痛みの方がずっと苦しいからだ。罪過を清めているという神様からのお墨付きがあるのなら、それは表情も陶酔したものになるだろう……。

「真白、あんまり近づくと危ないよ」

紫音が真白の肩を摑んで、ドラム缶から離した。それで真白はハッとした。いつのまにかドラム缶にずいぶん近づいていた。

「……ごめんなさい。暖かくて、つい」

「寒いからね。仕方ないよ。燃えてるパパ、あったかいねぇ」

二人で次々と骨を放り込んでいく。買ってきた薪では足りず、火を絶やさないように枝や葉っぱを集めなくてはいけなかったから、少し忙《せわ》しなかった。血のついた制服とタオル、内臓、その他もここで焼いた。

焼いているうちに、時刻が六時に近づいてきた。

「拘束具の準備をしましょう」

二人が燃えているドラム缶から離れようとしたその時、背後の茂みで何かが動いた気がした。真白は警戒して茂みを睨《にら》んだ。

「気を付けて。何かいる」

けれど、紫音は気楽そうだった。

「大丈夫だよ。この山には猪《いのしし》も熊《くま》もいないんだって。多分、野鹿だよ」

それでも真白はしばらく茂みを見ていたが、そこから動物が飛び出てくるようなことはなかった。昨日の体育倉庫と同じくらいには寒い場所に移動して、真白は紫音に目隠しなどをした。

真白は紫音のスマホを見つめて、六時になるのを待った。

やがて六時になった。

紫音に変化はない。拘束されて大人しく座っている。

真白は紫音の耳栓を外すと、バーチャルピアノというサイトにアクセスした。そのサイトで表示されている鍵盤をタップするとピアノの音を鳴らすことができるのだ。三回、音を鳴らしてみたが、紫音はすべて即答したので拘束を解いた。今回も無事に成功してよかった。失敗していたら、父の机から拝借してきた睡眠薬で怜を眠らせた後、スーッケースに詰めて家まで運ばねばならなかった。いかな真白でも体力がもったか怪しい。

二人はドラム缶のところへ戻った。既に日は沈み、山を闇《やみ》が満たしている。真っ暗闇の中、煌々と燃え盛る炎に新たに骨を数本、投げ入れた。

燃える骨を見つめながら紫音が言った。赤い炎が膝《ひざ》を抱えて座る紫音を照らし上げていた。

「こんなこと、思っちゃいけないってわかってるけど」

紫音は目を伏せた。

「ママがかわいそうかも。ずっと外に出られないってことだから」

「……あれは紫音の本当のお母さんじゃありません。怜さんを模倣した人格にすぎないんです」

「そうだけど……」

ぱちぱちという焚火《たきび》の音がしていた。

「紫音の気持ちも……わからないでもありません」

怜のことを思い出す。外部にさりげなくSOSを発していた怜は娘想《むすめおも》いの母親に見えた。

その一方で自分を「母である前に女だ」と言い、虐待《ぎやくたい》の隠蔽《いんぺい》に協力をしていたのも怜だった。

「どっちが本当のママだったのかな」

「どっちも違いますよ。言うなれば、あの怜さんはプログラムのようなものでしょうから」

「プログラム？」

「あの怜さんは、信幸さんが作ったもの。彼が理想とする怜さん。おそらくは信幸さんを誰より愛するように設計されていたんです。だから、あなたは二の次で信幸さんの味方をしていた」

「でも、二の次とはいえ私の味方をしようともしてくれてたよね」

「それはバグのようなものでしょう。一ノ瀬怜という人格をインストールする時に、どうしてもあなたの母親という属性は除くことはできなかった。そのわずかに残った属性によって、信幸さんに反抗しない範囲であなたを助けようとしていたんだと思います」

そう考えれば、矛盾しているように見えたこと、意図のわからなかった行動の全《すべ》てに説明がついた。

紫音は自分の体を抱いた。

「ママ……」

紫音は真白を見た。

「ママの人格って、本当に表に出したらダメなのかな」

「危険です。最悪の場合、信幸さんの復讐《ふくしゅう》をしようとするかもしれません。そうなれば私は逮捕されるか殺される。あなたも巻き込まれます」

「真白が逮捕されたりするのはダメだね」

「私は自業自得《じごうじとく》だからいいんです。あなたが巻き込まれるのがダメです」

真白は尋ねた。

「怜さんの人格を表に出したいですか？」

「うん」

「なら、聞きます。紫音から見た怜さんは、信幸さんが殺された状況でも私たちの味方でいてくれる人でしょうか？」

観察眼に自信があるとはいえ、真白は怜を深く知っているわけではない。長年、一緒にいる紫音の意見を聞きたかった。紫音が怜のことをかわいそうと思うなら、その気持ちを汲《く》んであげたい。

「うーん……」

紫音は腕を組んで考えてから呟《つぶや》いた。「ごめんね、ママ」

「ママは私たちの味方はしてくれないと思う。死んじゃったママと私の中のママ、どっちもママだけどやっぱり少し違うんだ。私の中のママは、パパをバラバラにした私たちを許さないんじゃないかな」

紫音は骨をドラム缶に放り込んだ。

「だから、ママとはここでお別れする。もう外には出さない」

それが安全だと真白は思った。

「解離性同一性障害の治し方を本格的に勉強します。怜さんの人格をあなたのそれと統合させましょう」


事件記録で読んだとおりに、骨は白い灰になるまで焼いて、川に撒《ま》いた。火が完全に消えたことを確認して、山を下りる。ポリタンクは森の中に投棄した。町に持ち帰った方が、処分に困ると考えたのである。

日が落ちていたので、持ってきていたライトで照らしながら山道を歩いた。これが一番怖かった。夜の山は真っ暗だった。

二人で夜道を照らしながらどうにか山を下りた時には時刻は八時を過ぎていた。けれど、幸いなことに駅へ向かう終バスに間に合った。

一ノ瀬家に戻れたのは夜の十時だった。山歩きの後で足が棒になりそうだったが、休むわけにはいかない。まだ肉の処理が残っている。今度はリュックに肉の入ったビニールをできるだけ入れて、家を出た。二人とも気力で動いていた。

橋の上に向かった。夜道に人気はないが、その上で周囲に人がいないことをちゃんと確認してから、人肉を川へと放り捨てた。ぽちゃぽちゃという音がした。

「魚がお腹《なか》を壊しませんように」と言って紫音が肉を撒いていく。不覚にも真白は笑ってしまって、それで少し元気が出た。

持ち運びきれなかった肉を取りに一度家に戻ったりしながら五か所橋を巡って、肉を捨てきった。最後の肉を放り投げる。その水音を聞いた時にやりおえたと真白は思った。

真っ暗な水面を見つめたまま、真白は隣の紫音に言った。

「高校出たら、一緒に暮らすわよ」

ここまで大きな秘密を共有した自分たちが離れて生きていく未来は、真白には想像できなかった。

返事の代わりに紫音は言った。

「敬語やめてくれたね」

幸せそうな顔をして、真白に身を寄せた。

十二月二十一日（月）

信幸が行方不明になったことで彼の親類が騒ぐのではないかと真白は思っていた。それが一番の面倒だと危惧《きぐ》していたのだが、幸いにして杞憂《きゆう》に終わった。紫音曰《いわ》く、信幸と怜は駆け落ちしており、実家とは縁が切れていたのだった。

紫音の生活費等々も問題ではあったが、幸いにして紫音は信幸のキャッシュカードの暗証番号を知っていた。怜が信幸のカードを使ったことがあったからだ。口座には紫音が大学を卒業するのに十分なお金が残っていた。信幸は怜以外に関心がなく、ほとんどお金を使っていなかったようだ。

肉を捨てて数日後には日常が戻ってきていた。けれど、それは表面上だけかもしれない。

真白の心は平穏とはいいがたかった。

毎晩、よく眠れない。

毎朝、早くに目覚めた。そして目覚めたきり眠れなかった。

この日もそうだった。明け方に目覚めてそれきりである。ベッドの上で呆《ほう》けていても仕方ないので、起きることにした。

勉強をして時間を潰《つぶ》した後は、お弁当作りに取り掛かった。今日は真白の担当だった。この日は終業式だったが、例によって紫音は一緒にお弁当を食べたがったのだ。

紫音にお弁当を作るのは、今の真白には安らぎだった。より正確に言うのなら、紫音そのものが安らぎだと言っていい。彼女の傍にいると落ち着ける。彼女の顔を思い浮かべるだけでも、ほんの少しだが不安感が薄れる。何事にも動じない姿が頼もしいのだろうか。

今日はどんなお弁当を作ろうか。紫音は甘いものが好きだから、卵焼きは必須《ひっす》だろうな。あとは、できるだけかわいらしい工夫を……。

お弁当を作っていると、父が話しかけてきた。

「また一ノ瀬さんにお弁当を作ってるのか」

「嫉妬《しっと》しないでよね。父さんの分もあるから」

軽口をたたいた。いつかの夜、父とは言い合いになったが、そんなことは引きずっていない。将来の夢のことで考えが合わないのはいつものことなのだ。

「あの子と本当に仲がいいな」と父が言った。それが何でもない言葉なのはわかっている。けれど、父の言葉は何もかも見通しているみたいに聞こえて怖くなる。真白は父に背を向けたまま、四角いフライパンの上の卵焼きを見つめ続けていた。いい匂いがする。なのに、食欲がわかなかった。

「父親の行方不明者届を出しに来たのにもお前が付き添っていたと聞いたぞ」

「小さい署だとそんなことまで知られるのね」

肉を捨てた翌々日に真白は紫音と警察に行き、行方不明者届を出していた。信幸が消えてから三日、娘が警察に相談するにはぎりぎりのタイミングであった。行方不明者届を出さずにいられればベストであったが、それでは信幸が消えたと判明した際に不審に思われる。それに、行方不明者届は行方不明者の雇用主でも出せるため、信幸が勤め人である以上は遅かれ早かれ出されてしまうものであった。

届を出すのに真白が同行した一番の理由は、信幸をただの家出人と警察に思わせるためだ。

行方不明者は一般家出人と特異行方不明者に分けられる。行方不明になったことに事件性などが認められる場合は特異行方不明者として扱われ、積極的に捜査が行われる。反対に事件性などが認められなければ一般家出人として扱われ、積極的な捜索は行われないのである。真白は失踪《しっそう》の状況をでっちあげて警察に説明し、あたかも信幸の失踪に事件性がないかのように思わせることができた。

お弁当を鞄に入れながら真白は父に言う。

「父さん、忙しさで体壊さないでね。また大きな事件を追ったりしてるんじゃないの？」

「いや、このところは落ち着いてきている」

それで真白は、信幸の一件が事件として扱われていないことを確認できた。父が自分に隠している風ではない。そうだったら父の声は本人でも気付かない程度に強張《こわば》ったものになる。

「今日も紫音の家に寄ると思う。あの子、父親いなくなってデリケートだから」

父に真白を疑っている気配はない。なら、あまり気負うこともないのかもしれない。

その夜、紫音に誘われてミュージカルを観《み》に行くことにした。有名な劇団が楓花市で公演を行うのだという。紫音が音楽に興味を示すのが真白には嬉《うれ》しかった。もとより紫音は音楽の才能がある子だと知っている。抑圧する父親はもういない。思う存分才能を磨いてほしかった。

七時からの上演だった。真白は一ノ瀬家に行き、紫音に例の拘束をして六時を迎えさせた後で、絶対音感のテストをした。問題はなかった。

紫音の人格交代が何をトリガーとして発生するのかは未《いま》だによくわかっていない。光か気温か音の一部または全部が要因のはずだが、それを絞り込む実験はしないでいた。冒険してトリガーを探すよりは、確実に怜を封じることができる現在の拘束を続けていき、徐々に怜の人格を消していくのが二人の方針なのだった。

繁華街を歩く。あと四日でクリスマスということもあり、クリスマスソングが流れている。ケーキ屋の前にはサンタクロースの格好をした店員がいて、道行く人に声をかけていた。

「クリスマスパーティー、やりたいね」と紫音が言った。

「そうね。八年前はできなかったものね」

深く考えずに真白はそう口にしていた。紫音からは返事がなかった。不審に思って隣を見ると、申し訳なさそうな顔をしていた。迂闊《うかつ》だった。八年前に来なかったことを責めたように聞こえただろうか。取り繕うように真白は言った。

「ミュージカル、楽しみね。実は初めて観るの」

柄にもなく明るい調子で言う。それが功を奏したようで、紫音も笑顔になった。

「きっと気に入るよ。私の大好きな『オペラ座の怪人』だもん」

ホールに着いた。時間が押していたのですぐに中に入った。席は満員に近かった。

ミュージカルが始まった。登場人物が目まぐるしく入れ替わり、歌を歌っていく。歌姫のクリスティーヌが聖なるアリアを歌いあげる。本来、アリアは本公演の演目ではないらしいが、楓花町の地域性に合わせて特別に変更してくれたという。自分と同じ人間が出しているとは思えない、高く澄んだ歌声が響く。

けれど、真白は置いていかれるような気持ちで舞台を眺めていた。元より彼女は、音楽にも演劇にも関心がなかった。なのに観に来たのは紫音と一緒にいたかったからである。どうしてミュージカルは突然に歌い始めるのだろうなどという疑問が頭に過《よぎ》ってしまう。それに歌で台詞《せりふ》を言われるのは困る。何を言っているか聞き取れない箇所が多すぎるのだ。

紫音はどうだろうと隣を見た。

彼女はアリアを聴いて、額を押さえながら目をつぶっていた。もしかして具合が悪くなったのだろうか。

袖《そで》を引っ張った。小声で「大丈夫?」と尋ねる。すると紫音は小さくうなずいた。その時にはもう具合は良さそうに見えた。顔色もいい。何か一過性の頭痛にでも見舞われただけだったのだろう。それで二人とも観劇に戻った。

真白はまた漫然と舞台を眺める。集中しようと試みはするのだが、どうにもうまくいかない。

場内には大きな音が響いている。なのに、眠くなってきた。

瞼《まぶた》がくっつきそうになりながら舞台を見る。オペラ座の怪人が、仮面の下の素顔をクリスティーヌに見られるシーンに差し掛かっていた。

「思ってた以上に醜いこの顔。お前にあるか。目をそらさずに見る勇気が」

怪人は醜悪な顔を手で覆《おお》いながらクリスティーヌに怒っている。

「地獄のかまどで焼かれる怪物のようだろう」

でも、と怪人はつないだ。

「そいつは秘《ひそ》かに天国に憧《あこが》れている」

ハッとして、目が覚めた。

怪人は、消え入るような小さな声で続けた。「秘かに……。秘かに……」

その儚《はかな》い歌声が、どうにも耳に残った。

そこからは眠くなることはなかった。真白の目はずっと怪人を捉《とら》え続けていた。その最後まで。

やがて劇が終わった。内容はほとんど覚えていないのに、怪人の台詞が真白に残響していた。

客席を出て、グッズ売り場に向かった。

上演中の劇に関するポスターや小物、ぬいぐるみなどが売られている。紫音がはしゃいで物色していく。最近気づいたのだが、彼女はどんなことでも楽しむことができるようだ。

真白は、怪人のキーホルダーを手に取った。買うつもりはない。でも、怪人がどんな顔をしているのか見たかった。もっともキーホルダーの怪人は仮面をつけているから、見えるはずがないのだが。

視線を感じた。紫音が柔らかな表情をして、真白を見つめていた。

「好きになってくれると思ってたよ」

真白は目を伏せた。「別にそこまでじゃ……」

真白は告解するみたいに言った。

「正直、私には合わなかったよ。眠くなったし。台詞が一つだけしか心に残らなかったし」

「いいんだよ、それで。そういうものだよ」

「そうなの?」

「そう。たったひとつ、一瞬でも……。心に残ったら十分だよ」

「……そっか」

勇気が湧《わ》いてきた。このキーホルダーを買う勇気。紫音の言葉で、自分もこれを買う資格があると思えた。

一緒にここに来た思い出に。

会計を済ませて、キーホルダーをコートのポケットにしまった。


話をしながら、家路についた。

紫音の家に着いた。玄関の前で向かい合う。

「一緒に観られてよかった」

「私こそ……。普段観ないものが観られてよかった」

「じゃあ、また誘うね。また行こうね」

「うん。絶対行こう」

紫音が真白を見つめている。真白も紫音を見つめていた。

もう少し話をしたいと思った。劇のことはたくさん語ったし、もう話すことなどないのに。もう時間も遅い。家に帰ってやらなければいけないこともある。

「おやすみ、紫音。また明日」

「うん、おやすみ」

紫音に小さく手を振った後、背中を向けた。帰り道へ一歩、踏み出した。その瞬間だった。

真白の腰に、背後から何かが巻き付いた。紫音の腕だった。

紫音が真白を後ろから抱きしめている。

「紫音……」

真白は振り向かずに、紫音の手を見下ろす。

「……ごめんね。ちょっと寂しくて」

「……家に一人だもんね。少し、寄ってこうか」

「うん。寄っていって」という返事を真白は静かに待っていた。

「ううん。大丈夫」

それで少し傷つく。きっと真白に迷惑をかけたくないと思ってくれたのだろう。それがわかっているのに傷つくなんて、自分勝手にもほどがあるのだけれど。

「もう少しだけ……こうさせてくれれば」

「……わかった」

真白は目をつぶって、静かに紫音を感じていた。瞼で作った暗闇の中で紫音の感触を覚えようとした。記憶できたなら、一人の夜も穏やかに眠れるかもしれない。

二人は時間が止まったように動かなかった。

やがて腰回りに感じていた紫音の腕の感触がなくなった。それで目を開けた。最後にもう一度だけお互いにおやすみと言いあって、別れた。

帰り道、ぽつぽつと雨が降りだした。


パジャマ姿になった真白は、ベッドの上でぼーっと天井を見つめていた。

枕《まくら》を胸に抱く。枕が腕の形に歪《ゆが》む。このところ、自分の心の弱さを思い知っている。

「私って思ってたよりメンタル弱い……」

精神の不調は周囲からもわかるほどになっていた。先日は教師に「悩みがあるなら相談に乗るぞ」などと声をかけられた。とても話せる悩みではないから笑いそうになった。

眠るのが怖い。

解体の朝、紫音に手を握られて眠った。きちんと眠れたのはその三十分ほどだけだ。

雨が窓に激しく打ち付けていて、身がすくむ。風の音は怒鳴り声に聞こえて、雨音は誰かが窓を乱暴に叩いているみたいだった。耳をふさぎたい気分になる。

そこで真白は、買ったキーホルダーのことを思い出した。あれを握っていれば紫音といた時のことを思い出して、怖さが和らぐかもしれない。ハンガーにかけられたコートへ近づくと、ポケットに手を入れる。そこにキーホルダーが入っているはずだった。

「あれ……？」

ない。別のポケットも探したが、ない。

「うそ」

再度両方のポケットを探す。やはりない。洗濯籠《かご》に入っている今日着ていた服のポケットも漁《あさ》る。ない。鞄をひっくり返して中身を全部出す。それでも見つからない。もう一度、服のポケットを見る。やはりないから鞄をまた見る。それを何度も繰り返して、終《しま》いには絶対にキーホルダーがないような場所まで探した。結局、見つからなくて、やっと理解した。

どこかに落としたらしい。

「マジかぁ……」

茫然《ぼうぜん》とした。

劇場から家までの道を今から探しに行こうかと思ったが、すぐに断念した。窓に打ち付ける機関銃のような音。大雨になっていて、風も強い。加えて冬の夜の寒さ。とても外に出られる状況ではない。そもそもこんな暴風雨では、落としたキーホルダーはどこかに飛ばされているだろう。

……今日は本当に嫌な夢を見そうだ。

真白は父の部屋に向かった。机の抽斗《ひきだし》を開けるとそこに睡眠薬がある。多忙な父は効率よく睡眠をとる目的で睡眠薬を持っている。それを一錠、飲み込んだ。これで悪夢を見なくなるわけではないが、途中で目覚めてしまうことはなくなる。

自室に戻ってベッドに入った。部屋の電気を消して、目をつぶった。後は薬による眠気を待つだけだった。だが、うとうとしかけたところで、インターフォンの音に起こされた。

「父さん……？」

今は夜の零時近い。父が帰ってくるのがこれくらいになることはざらであるが、父は帰ってきてもいちいちインターフォンを鳴らしたりしない。

インターフォンのモニターを見る。粗い画質だが、玄関ライトに照らされた人物が誰かはわかった。瞬間、眠気が吹き飛んだ。階段を駆け下り、廊下を走って勢いよく玄関扉を開けた。

そこにいたのは紫音だった。傘もささずにずぶ濡れである。顔は青く、唇は紫だ。

「馬鹿《ばか》！　何しに来たの、こんな夜に！」

「これ……」

紫音が差し出した手には、例のキーホルダーが握られていた。

「玄関に落ちてたの」

まさかこんなものを届けるために、嵐《あらし》みたいな夜を歩いてきたというのか。

「こんなの、明日でよかったのに。アンタ、傘は」

「来る途中で飛ばされちゃった」と紫音は苦笑いをした。笑ってる場合じゃないだろうと苛立《いらだ》った。

氷のような風が吹き込んできて、思わず真白は体を縮こまらせた。紫音の体には濡れた服が張り付いている。感じた寒さは真白の比ではあるまい。

「とにかく上がって。体温めないと」

「ううん、大丈夫。すぐ帰るから」

「ダメ！　風邪引くから！」

紫音はまだ何か言いたそうにしていたが、真白が腕を引っ張って玄関に入れた。

紫音の歯がガチガチと鳴っている。真白は紫音を風呂場《ふろば》に放り込むと、バスタオルや着替えの準備を始めた。着替えには真白のパジャマを準備した。下着はちょうど未使用のものがあったので、それを開封しないまま置いておいた。

二十分くらいして紫音が風呂から出た。長い髪にバスタオルを当てている。

彼女は真白の部屋に入ってきて言った。

「ありがとう。あったかかった」

真白はぶっきらぼうな動作でドライヤーを指した。紫音が髪を乾かし始める。長髪なので時間がかかった。髪を乾かし終えた後、紫音は言った。

「じゃあ、帰るね」

「馬鹿なの？」

自分でも驚くくらいに冷たい声が出て、ちょっとまずいかと思った。紫音はおずおずといった様子で尋ねてくる。

「真白、怒ってる……？」

「当たり前でしょ、こんな夜に家を出て」

声の冷たさはしりすぼみになっていった。

「……私が悪いんだけどさ」

キーホルダーは玄関に落ちていたという。それを紫音は届けにきたのだから、悪いのは落とした自分だ。

「……でも、あんなに震えてたら……素直にお礼も言えないじゃない」

「ごめんね。私また真白に迷惑かけちゃった」

「そんなことないから。とりあえず今日は泊まっていきなさい。父さんいないし」

「けど、拘束具持ってきてない。六時になる前には帰らないと」

「……せめて明け方まではうちにいなさいよ。雨脚が弱まるかもしれない」

「でも」

紫音が見つめてくる。そして何かをくみ取ったように言った。

「じゃあお言葉に甘えて。五時くらいまでいさせてもらおうかな」

その言葉を聞いて、やっと少しだけ満足できた。途端、真白の頭がかくりと揺れた。

一段落ついて安心したからか、睡眠薬が思い出したかのように効果を発揮しはじめたのだ。

「真白、もしかして寝るところだった？」

「うん。眠剤飲んじゃって」

「睡眠薬？　私も欲しい」

「紫音も？」

「最近よく眠れないんだ」

その気持ちが痛いほどわかった。平気な顔をしているけれど、紫音だって父親が死んだり解体したりでショックを受けているに決まっている。

「待ってて」

真白は父の部屋から睡眠薬を持ってきて紫音に渡した。

「ありがとう」と言って、紫音は睡眠薬を持った手を口にやった。

「眠るなら私のベッド使って」

言って、真白は部屋を出ようとした。再び父の部屋に向かおうとしていた。

「真白、どこに行くの？」

「父さんのベッドで寝る」

「一緒に寝ようよ」

紫音は無邪気にそう言った。

「……シングルベッドよ。狭いじゃない」

「詰めれば大丈夫だよ。それとも真白は私と同じベッドはいや？」

「いやってことはないけれど」

真白は父の部屋に向かうのをやめて、自分のベッドに入った。あとから紫音も入ってくる。二人分の重みでベッドが少し軋《きし》んだ。

「電気消すよ」

「うん」

真白がリモコンを操作すると部屋は真っ暗になった。雨の音だけが聞こえている。

紫音は真白の方を向いていた。けれど真白は紫音に背を向けている。

「真白。こっち向いてよ」

「なんで」

「背中向けられてると、なんか嫌われてる気がするから」

「そんなことない」

本当は紫音の方を向きたかったが、できなかった。

真白にはわからなかった。自分が紫音を引き留めたのは、本当に彼女のためだったのか。

ずぶ濡れの紫音を見てこのままでは帰せないと思ったのは本当だ。心配だったのは本心だ。

でも、本当にそれだけだったのだろうか。

紫音と一緒に眠りたいというのが本音だったんじゃないだろうか。一人で眠るのが怖いから。

さっきだって、内心……父の部屋に向かうのを紫音が止めてくれるのを待っていた。一緒に寝ようと言ってくれると思っていたし、それを期待していた。今だってそうだ。

背中に温かいものが触れるのがわかった。紫音の体だ。紫音がくっついている。そうしてくるだろうなと思っていた。少し冷たくしたから。

真白の胸の前にある手を、紫音が握ってくる。背中から抱きしめるみたいに。真白のしてほしいことをしてくれる。

「暑いから離れて」と素直になれない真白が言おうとした。でも言わなかった。万が一、本当に離れられたらいやだった。それだけは絶対にいやだった。真白は紫音の手を握り返した。紫音は指を深く、真白の指に絡《から》めた。心がほっとする。

互いの指を絡めたまま眠りに落ちた。

なのに、その晩は怖い夢を見た。

下心を抱いた、罰が当たったんだろうか。

十二月二十二日（火）

いい加減スマホを買いに行くべきだと思った。一ノ瀬家の庭に侵入したときに壊してから三週間もそのままだ。買い替えなかったのは、真白のスマホへの依存度が低いせいだ。

その日はたまたま父も休みだった。昼過ぎにやっと起きてきた父と一緒に携帯ショップに向かった。

ショップに着くと、父は好きな機種を選ぶように言ってくれた。真白はダメもとで最新機種を指した。目玉が飛び出るような値段だったから、別のものにするように言われると思っていた。しかし、予想外なことに父は何も言わずにそれを買ってくれた。この前、言い合いをしたことへのお詫《わ》びみたいに真白は感じた。

　家に帰ってスマホの箱を開けた。パソコンからバックアップデータを移行する。一時間ほどでデータ移行が完了したが、そこに紫音の連絡先はなかった。バックアップは紫音と知り合う前のものだった。

「ちょっと出てくるね」と真白はリビングにいる父に声をかけた。

「一ノ瀬さんのお宅か？」

「うん。帰りは少し遅くなると思う」

「真白、ちょっと待ちなさい」

　玄関へ向かおうとしていた真白が、リビングへと振り返る。

「何？」

「一ノ瀬さんのことで少し聞きたいことがある。父親のことだ」

「うん」

　真白は全く自然な表情で答えた。返事のタイミングも適切だった。

「娘さんの力になりたいと思ってな。独自に父親の行方を調べている」

「そうなんだ」

「その過程で知った。父親は一度、児相に通報されている。通報者は匿名《とくめい》だったが、若い女性だったという。お前か？」

「……なんでそう思うの」

「一ノ瀬の娘さんと仲良くし始めた時期と重なるからだが……まあ、勘だな」

下手に嘘《うそ》をついても見破られると真白は直感した。

だから、真白は認めることにした。

「……うん。私が通報した」

「虐待があったのか。児相と共有した情報によれば、親子間の関係は極めて良好で、娘さんの体にも傷痕《きずあと》等はないという話だったが」

ここで真白は黙った。父を信じて、黙った。この沈黙から父が何を推測するかを推測してのことだった。

父は難しそうな顔をして言った。

「性的虐待か」

真白は図星を突かれたという表情を作った。

「どうして俺に言わなかった」

「……父さんは男だから」

これには父が黙った。

「これ以上、調べないであげて。父さんは良かれと思っていても、それが紫音を傷つける。知られることすら……」

「お前の言うことはわかる。だが、問題は解決していないだろう。父親が戻ってきたら……」

「その時は、今度こそ頼るから。今は私に任せてよ」

「……もし父親が帰ってくるようなことがあったら、すぐに言うんだぞ」

手を引くとは言わせられなかったが、これで満足するしかない。

「わかってる。その時は絶対に言う」

それで会話は終わったと思ったが、違った。

「ああ、それとは別にもうひとつ、言っておくことがある」

「なに？」

「睡眠薬を勝手に使うな。最近の使用量は目に余る」

なんだそんなことか。バレないように少しずつ使っていたつもりだったが、ダメだったらしい。

「ごめん。もう使わない」

父は少し不安そうだった。

「まさか変なことを考えてないだろうな」

「それって自殺とか？　現代の睡眠薬なんて多量に飲んでも死ねないじゃない」

心配性だなと思った。真白が使った睡眠薬など、せいぜい十錠程度だというのに。


紫音の家に着いて、インターフォンを押した。しかし、しばらく待っても紫音が出てこない。留守とは考えづらかった。自分たちは音名テストをするために毎日一度は会う。今日は五時に行く約束をしていた。紫音は約束を必ず守るので、家にいないはずがない。

嫌な予感がした。頭を過ったのは、昨夜の雨に打たれて震えている紫音……。

真白は植木鉢の下にある鍵《かぎ》を使って、紫音の家に入った。

「紫音！」

声をかけるが返事がない。

直行したのは紫音の部屋だった。扉を開けると紫音がベッドに横たわっていた。部屋に入ってきた真白を苦しげな様子で見上げた。

「あ……真白。ごめんね。今、インターフォン出ようと思ってたんだけど……」

起き上がろうとする紫音を制した。

この馬鹿と言いかけたのを飲み込む。

「……ああ、もう！　救急車を呼ぶわよ」

スマホを取り出した真白を紫音が止めた。

「大丈夫……。ただの風邪だから。大事《おおごと》にしないで」

「そんなこと言ってる場合じゃないでしょ」

「風邪なんかで呼んだら救急車の人たちがかわいそうだよ」

「でも」

「大丈夫だから」

真白は大人しく引くことにした。紫音の頑固さはよく知っている。

「だとしても病院には行かなきゃ。タクシー捕まえてくる……」

「待って。呼ばないで」

「ダメ。ここは譲れない。病院には絶対に連れてく」

「病院には行くよ。お薬欲しいもん。でも、時計見て。もう五時過ぎてるんだよ？」

紫音の言わんとしていることがわかった。今病院に行ってしまうと、六時には帰ってこられまい。

「近くのお医者さんなら七時までやってるから」と紫音が弱々しく微笑《ほほえ》む。

真白は何か反論したかったが、できなかった。怜を外に出すわけにはいかない。

「……風邪薬はないの？」

「あるよ。飲んだんだけど……あんまり効いてないみたい」

真白は紫音のおでこに手を当てた。あまり熱くはない。

「……これから熱が出てくるんでしょうね」

「真白、いつものやつが終わったら、おうちに帰って。移したらいやだから」

「冗談。アンタを一人にできるわけないでしょう」

「でも、移したら……」

「あとで買い出し行かなきゃ。ポカリは必須として冷えピタと……お粥《かゆ》の素も。帰ってきたらキッチン借りるわよ」

やるべきことは色々と思いついたが、六時にならなければ動けなかった。時が過ぎるのを待つ。苦しんでいる紫音に何もしてあげられないのは、もどかしかった。

時間が近づいてくると、紫音を拘束した。問題は紫音を寒いところに連れていかなければいけないことだった。人格交代を防ぐ条件である「寒さ」を満たすためには、一ノ瀬家の一階にある廊下へ連れていかなければならない。短時間とはいえ病人をベッドから出すのはかわいそうだった。

五時五十五分から六時五分まで、真白は紫音と寒い廊下に座っていた。その十分間、紫音の肩が小刻みに震え続けていた。

六時五分になった。真白は紫音をすぐにベッドに戻したかったが、その前にやることがある。

「……アンタが紫音だっていう確認をするわ」

リビングのピアノで紫音の絶対音感を確認するのだ。

紫音の耳栓を外しながら真白は言った。

「本当にごめん。いつもと同じ手順で拘束したんだから、大丈夫とは思うけど」

「真白が謝ることじゃないでしょ。こういうときもちゃんとしてて、安心した」

真白はふらつく紫音を支えながら、リビングへ向かう。紫音の歯が鳴るカチカチという音が聞こえていて、責められているような気持ちになった。

リビングのソファーに紫音を座らせる。彼女は脱力して体をソファーに預けた。

「鳴らすよ」

紫音の返事はなかった。浅い呼吸の音が聞こえてきたから、返事を待たずに右の方の鍵盤《けんばん》を叩《たた》いた。高い単音が響いて、消えた。紫音は何度か呼吸をした後に、どうにか答えを口にした。

「二点ハ」

当たっている。次の鍵盤を叩いた。人格の確認のためにいつも三回は音名のテストを行っている。続けて叩かれた音も紫音は苦しそうにしながらも正解した。

真白は早足でソファーに向かうと、紫音を抱き上げた。ベッドへ向かう途中で紫音が嬉しそうに言った。

「お姫様抱っこだぁ。風邪引いてよかったかも」

「バカなこと言ってんじゃないわよ」

紫音をベッドに寝かせて布団《ふとん》をかけると、タクシーを捕まえるために外へ向かった。

近所の病院に行った。二人で待合スペースの長椅子《ながいす》に腰かける。幸いにして空《す》いており、真白たちの他には老人と親子がいるだけだ。これならばすぐに紫音の診療となるだろう。

見込みは正しく、十分足らずで診察室から紫音を呼ぶ声がした。

紫音と一緒に真白も立ち上がった。付き添うつもりだったのだが、紫音がそれを止めた。

「大丈夫。そこまでしてもらわなくても」

それで真白は再び待合スペースの椅子に腰を下ろした。診察室は目の前だし、確かに自分が付き添うほどではなかった。

五分ほどで診療が終わった。

診察室の扉が開き、中にいる医師に紫音がお辞儀をしてから出てくる。

隣に座った紫音に真白は聞いた。

「どうだった?」

「やっぱりただの風邪だって」

「でもあんなに苦しがってて……。インフルみたいだったのに」

「大丈夫だよ」と言ったのは、たまたま診察室から出てきた医師だった。

「まあ、喉《のど》が赤くなってるかもって感じだったからすぐに治るよ」

医師が言うのなら大丈夫なのだろうと真白は納得することにした。

その日は紫音の家に泊まることにした。父には既に外泊の連絡を入れてある。紫音にお粥を作り、温かいタオルで彼女の体を拭《ふ》いた。冷蔵庫の中には栄養ドリンクやスポーツドリンク、ゼリーやアイスを準備してある。夜は別室から布団を持ってきて、紫音の部屋に敷いて同室で眠ることにした。「同じ部屋で寝たら本当に移っちゃうってば」と紫音が嫌がったが「移るならもうとっくに移ってるし、熱が上がるなら今晩でしょ」と押し切った。

看病を続ける。幸いにして紫音の熱が上がる気配はない。このまま何事もなく済んでくれればと思った。

深夜。ポカリスエットが残り少なくなっていることに気付いた。真白は黒いコートを着て、コンビニに向かうことにした。

一ノ瀬家を出て、夜道を行く。コンビニに行くには橋を渡らなくてはいけない。欄干から見下ろすと真っ暗な闇《やみ》のような川が流れている。そこで背後から声をかけられた。

「お嬢さん、夜歩きは危ないよ」

反射的に体がこわばったが、すぐに緩む。声の主が真白のよく知る人物だったからだ。

「アンタさ、普通に話しかけられないわけ？」

嘆息しながら振り向くと、街灯の明かりの下に潤がいた。潤が夜遅くに出歩くのは珍しくなかった。また失《う》せもの探しか、追跡調査でもしていたのだろう。

「普通に話しかけても危機感持ってくれないだろ。僕は本気で君に夜道を歩いてほしくない」

「心配ご無用。私は強いの」

「でも、危険な目にはそもそも遭わないのが一番だ。なんなら家まで送ろうか」

「いい。今から買い出しだし。それに今夜は紫音の家に泊まるから」

「一ノ瀬さんの？」

「ええ。紫音が風邪ひいたから看病でね。あの子、今一人で大変なの。アンタなら知ってるでしょ。紫音の父親が行方不明ってことくらい」

「知ってるよ。大変だよね、お父さんがいなくなるなんて」

そして潤はさらっとその言葉を口にした。

「まさか殺されて焼かれるなんて、夢にも思わなかっただろうね」

真っ黒な沈黙が二人の間に降りてきた。

言葉が出なかった。完全に虚を突かれた。

潤だけが動いていた。彼だけが話し続けた。

「あの日、一ノ瀬家の前で張ってたんだ。児相、うまく動けなかったみたいだったから。そうしたら、突然君たち二人が大荷物で出かけて……。何事かと思ってついていったんだ」

見られていた。全然気づかなかった。まさかつけられていたなんて。

唐突につながった。体育倉庫に閉じ込められた日、何故《なぜ》潤が助けに来られたのか。あの日、潤は既に紫音の家を張っていたのだ。彼なりに事件を追っていて、そこにもう真白を巻き込みたくなかった。だから、真白の追及を誤魔化したのだろう。

「君たちはホームセンターで買い物をした。灯油を買うなんて、明らかにおかしかった。そうしたら山奥に入って、そこで骨を焼き始めた……」

黙らせなくては。

私の罪は、もう私だけのものではない。私が捕まれば、紫音も捕まる。

自分でも驚くほど即座に、その方法が閃《ひらめ》いた。

——殺すか。

二人くらいならバラしてもバレないのではないか。いや、潤は未成年だ。いなくなれば『行方不明者発見活動に関する規則』第二条第二項により特異行方不明者として扱われる。そうなれば確実に捜索が行われる。信幸の時のようには絶対にいかないのだ。行方不明者届を出すついでに警察を誘導するような真似《まね》は……。ならば、事故に見せかけて殺すか。ちょうどいい。ここは橋の上で、今は冬で、しかも深夜だ。落とすことさえできたなら、事故死にできるだろう。潤の体力なら川岸まで泳げるだろうが、それを岸から妨げ続ければ、いずれは……。

「どうしたの、真白」

潤の戸惑った声で、真白の意識が現実に戻ってきた。

「そうか、やっぱり君は……」

続く潤の言葉を待つ間、真白はさりげなく潤に近づいた。街灯の明かりが届かないところに入ると、薄闇が真白の顔を覆った。あとは潤がもう少し川に近付いてくれれば。好都合なことに潤は橋の欄干へと近づいた。欄干の上に手を置いて、川を見つめた。この位置なら間違いなく潤を落とせる。神の声を聞いた気がした。神が殺せと言っている。

「ねえ、真白。僕は……」

何かを言いかけていたが、聞いていなかった。姿勢を低くして潤の足元に近付くとそのまま両腕で抱え込むようにして持ち上げた。「うわ」と潤が呻《うめ》くのが聞こえた。潤は重いが、真白は力があるし、その使い方も心得ている。全身をうまく使って、潤を欄干の向こうへと押し出した。ふっと体に感じる重みが消えた。潤が落ちたのだ。

ばしゃんという派手な音が聞こえてきた。真白は欄干から身を乗り出して川を見下ろした。乱れた波紋の中に小さな潤がいた。潤は真白から見て右側の川岸に向かって泳ぎ出した。それを見て、真白は潤が向かっている岸へと走った。橋を駆けて土手を下り、川岸に着く。おあつらえ向きなことに長い角材が落ちていたのでそれを拾った。潤が泳いでくる。真白は川岸で待ち構えて、潤が近づいてくると角材で押し返した。殴ってしまえば早いのだが、それでは余計な傷がつく。溺死《できし》に見せかけねば。

潤の大きな手が水面を打つ。派手な音だ。静かにしてほしいと思った。水音の中に微《かす》かに潤の声も聞こえた。「や、やめ……真白……」

それでも真白はやめなかった。角材で突いて何度も押し返す。手が川岸を摑《つか》んだ時は踏みつけた。たまらず潤の手は岸から離れた。

潤はみるみる弱っていった。気温が真白の味方だった。十二月下旬、それも真夜中である。大気ですら恐ろしく冷たいのだから、川の水がどれほどの温度なのかは推して知るべしだった。いかに体力のある男子といえど長くは耐えられない。どんどん力を失っていく潤を見ていると、真白の口から笑いが漏れた。そうだ、それでいい。さっさと沈め。

　だが、間もなく潤が力尽きるというところで、黄色い明かりが真白を照らした。

「何してる！」

　振り向くと二人組の警官がいた。深夜のパトロールだとすぐにわかった。こちらに向かって走ってくる。

　ここでか。もう少し遅く来いと真白は内心で毒づいた。そして即座に状況が最悪であると理解した。角材を潤に向かって突き出した姿勢で真白は停止している。言い訳できない。

　警官の一人が岸まで駆けてきた。潤は真白が突き出している角材を摑んだ。

「手を離すなよ」と警官は潤に叫ぶと、真白から角材を奪って引っ張った。潤は角材と一緒に陸《おか》に引き上げられた。途端、川の生臭さが立ち込めた。

　びしょ濡《ぬ》れの潤が、がちがちと震えている。喋《しゃべ》れないほどに凍えていた。

　警官が潤に懸命に声をかけた。「大丈夫かい。近くの交番まで歩けるか？」

　潤は震えながら、がくがくと頷《うなず》いた。

　警官が厳しい目つきで真白を見た。

「君も一緒に来てもらうよ」

交番は歩いて五分ほどのところにあった。部屋にはストーブがあり、暖かかった。潤は毛布を与えられて、ストーブの前に座った。その震えが次第に収まっていく様子を真白はぼうっと眺めていた。

絶望的な気分だった。警官たちは潤の震えが収まるのを待っている。その時、真白は終わる。橋から落とされたこと、溺死させられそうになったこと、そして潤が山奥で見たもの。それらが潤の口から警官へと伝えられる。どうすれば乗り切れるかと考えているが、どんな手段を取っても苦しいのは明らかだった。

警官は真白に何度か事情の説明を求めて話しかけてきたが、真白は黙っていた。この状況を乗り切る応答が思いつかなかったから、ショックで喋れないような顔をして誤魔化した。潤が喋りだしたらそれに合わせて抗弁をするつもりだ。

やがて潤の震えが止まった。警官が優しく話しかけた。

「話、できるかな」

「大丈夫です」

「何があったんだい。どうして川の中に？」

「橋から落ちたんです。その子と話をしていて……」

「どうして橋から落ちたのかな」

真白は身構えた。潤が何を言おうと説き伏せる覚悟だった。

潤の口が動いた。

「夜の橋で僕たち、いい感じになったんですよ。それで、今ならイケるかなって……その……キスしようとしたんです」

真白は口を半端《はんぱ》に開いた状態で止まった。説き伏せるための言葉は出なかった。潤の言葉は、真白の想定していたパターンのどれにも当てはまらなかった。

「でも僕たち……恋人とかじゃなくて。彼女、びっくりして僕を突き飛ばしたんですよ。それで欄干から落ちてしまって」

真白は思った。まさか潤は……。

「どうにか川岸まで泳いだら彼女が角材持って待っててくれてたんです。これに掴まれって。そこにお巡《まわ》りさんたちが来てくれたってわけです。助けてくれてありがとうございました」

続けて潤は信じられない行動に出た。警官たちに土下座をしたのだ。

「お願いします！　正直に全部話したんで、このことは大事《おおごと》にしないでください。女の子にキスを拒否されて川に落ちたなんて友達に知られたら、外歩けなくなっちゃいます！」

警官たちは戸惑いながら潤の話を聞いていたが、一番当惑していたのは真白だった。話を聞き終えた後、警官たちは呆《あき》れた顔をしていた。

「女の子の嫌がることをしちゃいかんよ」

「すいません。肝に銘じます」

潤は真白に向き直って頭を下げた。「真白、ごめん」

真白は言葉を返せない。

そのあと、警官たちといくらかやりとりをして、結局この一件は記録に残さないということで決着した。最後に警官たちは真白と潤に「高校生が夜歩きしないようにな」と注意をした。

一緒に交番を出た。帰り道を歩く。潤は自分の服の臭いを嗅《か》いでいる。

「参ったな。洗濯機に川の臭いが移らなきゃいいけど……」

「なんで」

「うん？」

「なんで庇《かば》ったの。私は……」

「真白はさ、僕の日頃からのストーカー行為で鬱憤《うっぷん》が溜《た》まってたんだよ。それが今日、限界を超えていよいよ橋から落としたってわけ。つまり悪いのは僕で……」

「わかってるくせに！」

真白が立ち止まって叫んだ。潤も立ち止まって、真白を見た。

「全部わかってんでしょ」

わかっていないわけがない。何の話題を出して自分が落とされたのか。どうして自分が落とされなければいけなかったのか。口封じのために落とされたと気付いていないはずがない。

なのに、潤は平然とした様子で言った。

「僕は何もわかってないよ。真白の口から聞いてないから」

もし、と潤は言った。

「仮に君が人を殺して焼いたんだとしても、それは多分殺された奴《やつ》が悪いんだ」

「そんなわけ……」

「あるさ。だって、真白のやることだから」

真白の胸が身勝手な痛みを発した。

「なんなの……。どうしてそんなに入れ込むの」

答える代わりに潤は聞いてきた。

「初めて会った時のこと、覚えてる？」

「覚えてるけど……」

「あの頃、僕は未熟で父さんの仕事の手伝いで失敗した。素行調査で尾行してたのが、ターゲットの高校生にバレたんだ。それでボコられそうになったところに君が通りかかった」

眼窩底骨折《がんかていこっせつ》だったよね、と潤は言った。

「君が僕を助けてくれた時に、相手が負った怪我《けが》」

「……あの頃は私も未熟だったから」

「最初は君のこと……色々思ったけど……でも、一緒に過ごすうちに気付いた。ああ、この子、すごく不器用なんだって。少しも曲がれないほどにまっすぐなんだ。間違いなく、生きづらいだろう。だからせめて僕は、君の味方でいたいと思うようになったんだ。まっすぐな奴が損をするのは、いやだ」

だから、と潤はつないだ。

「僕は君の味方だ。人殺しでも関係ない。探偵は警察と違って、正義を遵守《じゅんしゅ》しなきゃいけないわけじゃないからね。だから、真実を教えてほしいんだ」

「知ってどうするの」

「この後の行動を決める。殺してないって言うなら大変結構。僕は真白の無実を信じて行動する。殺したって言うなら仕方ない。僕は真白の罪を隠すために行動する」

潤は真白を見ていた。

「僕を信じてくれないか」

この時、真白の胸に渦巻いていたのは、言いようのない罪悪感だった。

――こんな人を、私は殺そうとしていたのか。

友達なのに……。

怖かった。自分が自分でなくなっていくような気がした。あの時の自分は頭の中がいっぱいで、潤のことを友達とさえ考えなかった。果たして信幸を殺す前の自分でも、同じ状況なら同じことをしただろうか。

真白は潤を見つめた。ここで彼を信じると言えば、前の自分に戻れる気がした。

「私は……」

真白は一歩、後退《あとずさ》りをして、言った。

「殺してないわよ。馬鹿《ばか》ね、そんなことするわけないじゃない」

殺したなどと言えるはずがなかった。潤を信じる信じないの話ではないのだ。自分たちは死体を完全に消滅させた。物証の乏しさが最大の強みだ。なのに自供して隙《すき》を増やしてどうする。

「そっか」と言った潤の顔は、暗くてよく見えなかった。

「君の口から聞いたんだ。信じるよ」

「……そうよ。アンタの言う通り、ストーカーにうんざりして殺したくなっただけ」

「オーケー。じゃあ、この話題は終わりだ」

潤が真白に背を向けた。

「僕はもう家に戻るよ。本当に夜道、気をつけなよ」

「大丈夫だっての。私が強いのはアンタも身に染《し》みてわかったでしょ」

「はは、違いない」

いつものやりとり。

いつもと同じ会話。

なのに白々しくて、痛々しかった。


一ノ瀬家に帰った。ポカリスエットを買うのを忘れていることに気付いたが、再び買いに行く気にはとてもなれなかった。すごく疲れた。

潤は一体どう動くだろうか。いっそ本人に聞きたいと思った。本当に聞く気はないが、ラインを起動して潤とのトークルームを開く。なんでもないやりとりがたくさん残っていた。気付いた時には、どうしてか潤をブロックしていた。

部屋に戻ると紫音は出ていったときと同じように寝ている。寝息は健やかだ。回復してきているみたいでよかったと思う。

そっと紫音の頬に触れた。弱気な心が思った。逃げきれないかもしれない。

――いや。

紫音だけは逃がすのだ。今度こそ私はこの子を助けるのだから。

十二月二十四日（木）

柊木潤は思い悩んでいた。彼が川に落とされて二日が経《た》っていた。

このところ、いつにもまして真白のことを考える。あの夜の真白は、まるで真白じゃないみたいだった。潤の知る真白は、ぎこちないけどまっすぐな目をしている。真白の目が潤は好きだ。

だが、あの夜の目は真っ暗だった。

考えるのはやめようと思った。真白のことを信じると自分は言ったじゃないか。その真白が自分は人を殺していないと言ったのだ。ならば殺していないのだ。

あの夜のことも、山奥で見たことも忘れよう。

音楽を聴くことにした。精神を落ち着かせたいときに聴くプレイリストを再生する。とにかく余計なことを考えないようにしたかった。なのに、全然意味がなかった。心がざわついて仕方ない。

夕刻、電話がかかってきた。かけてきたのは極めて珍しい相手だった。真白の父、清正である。潤は探偵として警察の捜査に協力したことがあり、その時に清正と知り合っていた。自分が真白の数少ない友人であることも清正は知っている。とはいえ仲良くおしゃべりするような間柄でもない。嫌な予感がした。真白に不穏な動きがある今、真白の父親から電話が来るなど。戸惑いながらも通話に出た。

「もしもし、柊木です」

「やあ、潤君。すまないね、いきなり電話をしてしまって」

「いえ、大丈夫ですよ」

「真白について聞きたいことがあるんだが」

やはりそう来たかと潤は思った。

「その前にまずは謝らせてほしい。昨晩、地域課から聞いた。真白が君を川に落としたらしいね。本当にすまない」

「いえ、悪いのは僕ですから。こっちこそすみません。参ったな。お巡りさんには大事《おおごと》にしないでって言ったのに。恥ずかしいです」

潤は考えた。真白の父は、真白の不審さに勘付いているのではないか。自分が川に落とされたことにきな臭さを感じているのではないか。それで電話をかけてきたとしか思えない。

「……それで、聞きたいことって何ですか？」

「真白について気付いたことはないかな」

やはり。ひとまず考える時間を稼ぎたくて、潤は質問を返した。

「気付いたことって……？」

「どうも隠し事をしているようなんだ」

「隠し事ですか。嘘をついているとか？」

「いや、嘘をついている風でもないが、本当のことを言っているとも思えない、微妙な受け答えをされてね。君にならば何か話しているかと思ったんだが」

「いや、僕にも何も話してないですね」

潤は間断なくこう続けた。

「真白も女の子ですから。男親には話せないデリケートな問題とかもあるんじゃないでしょうか。あまり深刻に捉《とら》えない方がいいと思いますよ」

「そうか……。それもそうだな」

今度は潤から切り込んだ。

「……警察官であるお父さんが調べてるってことは、真白が何か悪さをしたんですか」

不自然な質問ではないはずだ。この質問に真白の父が素直に答えるとは思っていないが、潤だって真白についての情報が少しでも欲しかった。

「いや、してない。娘の反応がいつもと違ったから、親として気になっただけだよ」

「そうですよね。あの真白が悪いことなんかするはずないですから」

「ああ。時間を取らせてすまなかったね」

通話が切れた。スマホの通話終了画面を見つめて、潤は考えた。

——おそらく真白は疑われている。

何を？

それはもちろん。

真白は何もしていない。父親にまで疑われているときに、自分まで疑ってどうする。

「……いや、違う。そんなことするはずない」

証拠があるはずだ。

真白が犯罪なんてしてないという証拠が。ただ風変わりなキャンプをしていただけという証拠が。

潤は急いで支度をすると家を出た。向かうのは、真白と紫音をつけて行った山だった。

電車を一回乗り換えて、終着駅でバスに乗った。バスは野鹿山の麓《ふもと》で止まった。そこから山道を進んで、例の小川に向かう。人の痕跡《こんせき》を追うことは潤の得意とするところだから、ほとんど目印のない山の中も迷わず進むことができた。

夜が近くなった頃に小川に出た。そこにはもう何も残っていない。だが、潤は知っていた。少し離れた場所に、真白がドラム缶を隠すように置いたことを。

探してみるとすぐに見つかった。赤さびだらけのドラム缶。

中に何か残っているかもしれない。真白たちが焼いた何かの燃えカスが。

なんでもいいから見つかってほしかった。それがどんな種類の燃えカスでも役に立つ。だってそれは人の骨ではないはずだから。真白らはきっと焚火《たきび》料理でもしていたに違いないのだ。料理を包んでいたアルミホイルの燃えカスか何か、見つかってくれれば……。

だが、どれだけ探しても何も残っていない。灰の一粒すら見つからなかった。そういえば真白と紫音はドラム缶を川の水で洗っていた。

潤はドラム缶から証拠を見つけるのを諦《あきら》めた。だが、真白の潔白の証明を諦めたわけではない。潤は文字通り草の根をかきわけて、次の証拠を探した。ついに闇が森を満たし始めた。強力なライトであたりを照らしながら探す。長くて硬い葉が肌に当たって痛かった。一時間ほど経って、ようやく見つけた。

「あった……！」

草の間に横たわっていたそれを拾い上げた。薄汚れたポリタンクである。真白らが焚火に使った灯油が入っていたものだ。

空っぽのポリタンクを抱えて、潤は停止した。

自分は真白が犯人でないという証拠を探していたはずだ。だが、このポリタンクが何故その証拠になる？　このポリタンクから真白が犯人でない証拠をどう見つける？

……本当はわかっているんだろう？

もし、もしだ。真白が人を殺して燃やしていたとして、その時に使ったポリタンクを遺棄していったのだとして。ならばこのポリタンクは数少ない物証ということになる。もし全く事件に関係のない自分が、このポリタンクをどこかに持ち去ってしまえば物証は完全に消えるのではないか？　警察が動き出すことがあったとしても、事件に無関係の自分が真白の犯行に協力したなんてことはわからないはずだ。捜査は難航するに違いない。

つまり、僕は。

僕は、真白が犯人でないという証拠を見つけるためではなく、真白が犯人である物証を消すためにこのポリタンクを探していたのではないか？

どれだけ思い込もうとしても、信じようとしても、思考だけは冷静に、その答えに至ってしまっている。

「真白はやってない」

それでも潤は自分に言い聞かせる。

「絶対にやってない」

言いながらポリタンクを手に歩き出した。どこか絶対に見つからないところへ捨てよう。言ってることとやってることがちぐはぐで、自分で自分のことがわからなくなりそうだった。

だが、

「待ちなさい」

歩き出した潤の手がふと何かに摑まれた。飛び上がりそうになった。こんな森の中に自分の腕を摑んでくる者がいるなど。悲鳴を上げながら振り向いた。

「ま、真白のお父さん……」

清正が厳しい目つきでポリタンクを見つめていた。

「それを持っていかれては困る」

「なんでここに……」

「悪いがつけさせてもらった。真白について何か知っていれば反応があるのではと君を張っていたんだ」

一生の不覚だった。まさか自分がつけられるなど。証拠を探すことで頭がいっぱいだった。

「君の話が聞きたい」

真冬だというのに汗が噴き出してきた。「は、話……」

「ドラム缶にポリタンク。そして……一ノ瀬信幸さんの不在。これだけの状況証拠があれば、何があったかはおおよそ想像がつく」

まさかここまでしてるとは思いたくなかったがと清正はぼやくように続けた。

「潤君、教えてくれ。君は何故ドラム缶やポリタンクを探しに来た？　君は真白の仲間なのか？　一緒にここで何かを焼いたのか？」

潤はやっと状況を理解した。

――やらかした。

完全に真白の足を引っ張った。

潤はすぐに清正の問いに答えられなかった。頭の半分は「しまった」という感情で、もう半分は「何を言えば真白をフォローできるか」で埋め尽くされていた。

清正は潤の言葉を待っている。

潤は黙した。それは攻撃的な沈黙だった。敵に一切のヒントを与えないためのものだ。捜査において、沈黙されるのが一番困ると潤はよく知っていた。

互いに睨《にら》み合っている。微かに聞こえるのは葉擦れの音。そして遠くの鹿《しか》の鳴き声。

先に沈黙を破ったのは、清正の方だった。

「潤君。君が共犯なのか目撃者なのかは、俺には判断がつかん。だが、どちらであるとしても、真白を庇ってくれているのはわかる」

潤は何も言わない。

「真白のことをよく知る君ならわかるはずだ。もしあの子が罪を犯したのだとして、庇ってほしいと思うだろうか。むしろあの子は……苦しんでいると思うんだ。自分の行いに」

確かに真白は庇ってもらいたいとは思わないだろうとは思った。自分の行いに苦しんでいるとも思う。

「本当に真白のことを思うなら、君が見たことを話してほしい」

少し揺らいだ。真白が罪に苦しんでいるのなら、ここで話をした方が結果として彼女を救うことになるのではないか。そんな考えがよぎったが……。

「僕は何も見てません」

これ以上、真白の足を引っ張れない。

潤は後ずさった。ポリタンクを持って逃げようとしたが、清正もポリタンクを摑んでいた。潤が逃げようとしているのを察知して、証拠品を確保しようとしたのだ。

「離してください！」

潤はポリタンクを両手で乱暴に引っ張って、清正を振り切ろうとした。けれど、ポリタンクはびくともしない。石像と綱引きをしているかのようだった。

潤は清正を突き飛ばそうとした。ポリタンクから離した右手で、清正の胸を突く。だが、清正は片手でそれをいなした。体勢を崩した隙に、ポリタンクを奪われた。

「くそっ……」

顔を歪《ゆが》めながら潤は清正を睨んだ。ポリタンクを取り返すことはできそうにない。わずかな攻防から実力差がわかってしまった。相手はきちんとした武術を身に付けている。それでも手段さえ選ばなければあるいは。例えば今足元に転がっている石。これを使えば……。馬鹿、殺す気か。暴行罪で、傷害罪で、殺人罪だぞ。しかも相手は真白のお父さん……。

これ以上、尋問されるのもうまくない。ここは一度、逃げるしかないだろう。

潤は清正に背を向けて、走り出した。足は潤の方が速かった。

森の闇を走りながら潤はスマホを取り出した。とにかく真白に伝えなくては。

真白にラインで電話をかける。だが、いくら呼び出しても相手が出ることはなかった。

やむをえず紫音に電話をかけた。彼女の連絡先は、いつかの朝にお弁当を拾った時に教えてもらっていた。呼び出し音がしばらく流れた後、紫音につながった。

「もしもし」

「近くに真白はいる？」

「え、なに？」

「真白は」

「い、いないけど……」

「クソッ」

潤の心づもりではここで真白に電話を代わってもらうはずだった。紫音とこのところいつも一緒にいるからと踏んでいたのだ。清正のこと、真白に一刻も早く伝えたい。真白ならこの窮地を乗り切る妙案を考えつくかもしれないのだから。

「真白に伝えて。どうせ君たち今日も会うんだろ。ポリタンクとドラム缶がお父さんに見つかった。ごめんって」

紫音は真白と共犯のはずだから、言伝《ことづて》しても問題ないはずだ。

「うん、わかった。伝えておくね」

「頼んだよ、本当に」

清正から逃げながら、潤は山のふもとを目指した。


一ノ瀬家のリビングで紫音は潤からの通話を切った。

「誰から電話？」

同じくリビングにいる真白が尋ねてきた。

紫音は真白と一緒にいた。

「潤君からだよ」

「珍しいわね。アイツが紫音に電話かけるなんて」

「うん。ただの間違い電話だった」

紫音はキッチンへと向かいながら真白に尋ねる。

「ココア作ろうと思うんだけど、いる？」

「いいわね。今日は寒いし」

紫音はココアを作り始める。その前に、自分の部屋に隠し味を取りにいった。

できたてのココアの入ったカップを紫音が差し出してきた。

「ありがとう」

真白は受け取って、口をつけた。

談笑しながら、真白はココアを飲み干した。

空になったカップを見つめて真白が尋ねる。

「ねえ、潤のことだけど……本当に間違い電話だったの？」

「どうして？」

「だってアンタ、電話口で言ってたじゃない。『いないけど』って。間違い電話で言う言葉じゃなくない？」

「私が嘘《うそ》を吐《つ》いてるって言うの？」

紫音の言葉に、真白は面食らった。

「そうじゃないけど。ちょっと変だなって思っただけ」

変と言うなら今の紫音の発言もだ。紫音にしては随分攻撃的な物言いではないか。変に詮索《せんさく》したみたいになってしまったのがそんなに気にくわなかったのだろうか。

「……なんか怒ってる？」

「怒ってる……？　いや、怒ってなどいないよ」

紫音は真白に微笑《ほほえ》んだ。

「ただ失望しただけ」

途端、真白の視界が揺れた。頭がかくりと折れる。どうしてか一瞬、意識が飛んだのだ。

その理由が真白にはすぐにわかった。意識をもぎとられるようなこの感覚は、ここ最近ですっかり慣れ親しんでしまったものだった。彼女は手元のカップを見つめる。

「す、睡眠薬……」

「お前の家から少々拝借してね」

何故か紫音に睡眠薬を盛られた。いや、違う。目の前にいるのは紫音ではない。表情も、佇《たたず》まいも、言葉遣いも紫音のそれではない。

「怜さん……。いつの間に……」

ふらつく頭で真白は考えた。いつ、どうやって紫音と怜は入れ替わったのか。

まさか朝の拘束を紫音が忘れて……いや、それは考えにくい。彼女はルーチンを徹底的に守る。ならば入れ替わったのは別の機会だ。

怜は今、睡眠薬を真白の家から拝借したと言っていた。真白の家に紫音が足を踏み入れたのは、ミュージカルを観《み》に行った日の夜だけだ。つまりあの時には、紫音は怜だったことになる。ミュージカル。何があったか思い出せ。紫音に不審なところはなかったか。そうだ。聖なるアリアの時。ほんの少しの間だが、彼女は具合が悪そうにしていたじゃないか。

「そうか。聖歌、か……」

なんて馬鹿なんだろうと真白は思った。今やっと、人格交代のトリガーがわかった。

紫音は聖歌を聞くと人格が変わるのだ。

この町で朝夕六時に流れる聖歌がトリガーだったのだ。聖歌は楓花町に住んでいる人間には日常の一部だったせいで意識が向かなかった。真白はこの町で生まれ育っているから尚更《なおさら》だ。聖歌が人格交代のトリガーなのは、紫音にとって父の出勤及び帰宅と紐《ひも》づいた音だからだろう。体育倉庫にいた日に紫音が怜にならなかったのは、体育倉庫が防音仕様だったからだ。観に行ったミュージカルにたまたま聖歌が歌われるシーンがあったせいで、紫音は怜に代わってしまったのだ。

トリガーがわかった途端、色々なことが連鎖するようにつながっていった。

あの晩の紫音の行動は今考えるとおかしかった。大雨の中、真白の落としたキーホルダーを届けに来た紫音はこう言っていた。「玄関に落ちてた」と。だが、あの日、真白は紫音の家に上がっていない。玄関先で話をして別れたのだ。つまりキーホルダーが落ちていた玄関とは、玄関先を指すことになる。キーホルダーが玄関先に落ちていること自体は不自然ではない。不自然なのは玄関先に落ちているキーホルダーに紫音が気付くことだ。だってあの夜は大雨だった。見るだろうか、玄関先を。

自然、ある疑いが生まれる。そもそも自分はキーホルダーを落としたんだろうか。玄関先で紫音が抱き着いてきたのを思い出す。自分の記憶ではキーホルダーはコートのポケットに入れていた。抱き着けば、ポケットから抜き取ることは容易だろう。ではなぜ、怜はわざわざキーホルダーを抜き取って、それを大雨の中、届けるなんて真似を。結果、風邪を引いているのに。

真白はハッとした。

風邪を引いたという事実が怜は欲しかったのではないか。

だってそうすれば、音名テストの難度を下げることができる。真白が落としたキーホルダーを届けるために風邪を引いたことにすれば、真白の中には紫音への罪悪感が生まれる。その状態で音階テストをしたとなれば、回答に時間がかかっても大目に見てしまう。実際、真白はそうした。翌日、紫音がテストに回答するまでの時間は明らかにいつもより長かったのに。

もっと言えばおそらく怜は風邪を引いてすらいなかったのだ。病院に行った時、医者か。


が言っていたことを思い出す。

『大丈夫だよ。喉《のど》が赤くなってるかもって感じだったから』

真白が額に触れた時も熱くなかったし、熱が上がって苦しむ様子もなかったではないか。

病気でなかったのなら、一夜漬けで音名を覚えるのは不可能ではない。ミュージカルを観終えて別れたのが夜の十時。真白の家に来たのが十二時。家に帰ったのが未明。仮に六時だと仮定しても、そこから真白が音名テストを行う夕の六時まで、十二時間ある。前日の十時から十二時までの二時間を足せば十四時間の勉強時間があったわけだ。ダメ押しに怜は紫音と知覚したものを共有しているわけだから、真白が鳴らしそうな音の傾向は把握している。対策は立てやすい。

ここまで考えたところで急速に頭が朦朧《もうろう》とするのを感じた。盛られた睡眠薬の量はかなり多そうだ。

「……私をどうする気ですか」

「死んでもらおうと思って」

「やはり信幸さんの復讐《ふくしゅう》を……」

「うん？　ああ、違う違う。確かに憤《いきどお》りはあるよ。殺してやりたい気持ちはある。仕方ないだろう。お前の言っていた通り、私はパパを愛するプログラムだ。けどね、お前は娘を助けてくれた。その感謝でいくらか相殺《そうさい》できているんだ。だから、仇討《あだう》ちをしようとは考えてない」

「ではなぜ……」

「お前、怖いんだよ」

「怖い……？　私が？」

「だってお前、犯罪の天才だろ」

その一言は、剣のように真白の胸を突き刺した。

「刑事の娘であるお前と紫音を接触させられた時、私はやったと思ったんだ。どうにかうちの内情がお前に伝えられたなら、紫音を助けてあげられると思った。私がお前に望んでいたのは、警察か児相に連絡することだけ。それを……まさか殺すとは」

「殺したくて殺したわけじゃない。はずみでした」

「はずみだったさ。それは仕方ない。悪いのはその後さ。普通は思いついてもやらないって。解体して骨まで燃やすなんてこと。ただそれでも私はお前に対して好意的であろうとは思っていた。娘の恩人だし、娘もお前に懐《なつ》いていたしね。私の人格が表に出られたこの偶然に、お前を見極めようとしていたわけだが……。流石《さすが》にあれはダメだろ。潤君を殺そうとしたのは」

「どうしてそのことを知ってるんですか」

「学校で有名だよ、潤君が川に落ちたのは。みんなはただのドジで済ませているみたいだけど私はピンときた。やったのお前だろ。疑いにすぎなかったが、さっきの電話で確信した。口封じしようとしたね」

「……やった。確かにやった。でも後悔したんです」

「普通、後悔じゃなくて躊躇《ちゅうちょ》するの。やった後じゃなくて、やる前に気付くもんだよ。だって相手は親友だろ？　それをノータイムで殺そうとするなんて、犯罪の才能ありすぎ。こんなヤバいやつの隣に紫音は置いておけないよ」

真白には怜の言葉の意味がわからなかった。怜の言うように自分はヤバいやつかもしれない。だが、そうだとしても何故《なぜ》、紫音の隣に自分がいられないのかがわからない。言葉が繫《つな》がっていないと思ったから尋ねた。

「どうして？」

「どうして、って」

怜は冷笑した。

「お前、そのうち口封じで紫音を殺すだろ」

怜が話しているのは日本語だ。そのはずだ。なのに意味がわからなかった。

「誰が……誰を殺すって……？」

「美澄真白が、一ノ瀬紫音を」

そんなこと今日まで真白は考えたこともなかった。

「殺すわけ……ないじゃないですか。殺すくらいなら……どうして私は紫音を助けたっていうんですか」

「自分でも気づいてるだろ。紫音を助けてくれたお前はもういないんだよ。パパを殺した時に、お前が一緒に殺したのさ。あの時バラバラにしたのは、パパじゃない。お前自身だよ」

信幸を解体する直前、心に感じていた強い抵抗。取り返しがつかなくなるという感覚。それらがまざまざと蘇《よみがえ》ってきた。

「今は確かに思っていないかもね、紫音を殺そうとは。でもそのうちに変わってくるよ。気付くはずだ、潤君よりも紫音の方が生かしておくリスクがよっぽど高いって。卑下でもなんでもなく、うちの娘は頭の回転が鈍いからね。いつかぽろりと喋っちゃうかもしれない。そのリスクに気付いたら、絶対殺すだろ」

「殺さない。そんなこと絶対にしない」

「高校出たら一緒に暮らすって言ってただろ？」

「ええ」

「あれってさ、監視下に置きたかっただけだろ」

「違う……。私には紫音が必要だから」

怜は真白の言葉などまったく信じていないようだった。そして真白自身も自分の言葉を信じ切れずにいた。深層心理において、紫音を監視下に置きたいと思っていなかったと言い切れるだろうか。

「私には紫音が必要なんです。あの子がいないと、夜も眠れなくて」

ああ、そうと怜は心底どうでも良さそうに言った。

「こんななりでも私はあの子の母親なんでね。娘を守らないといけない。死んでもらうよ」

がくんと真白の頭が下がった。父の睡眠薬は真白にすこぶる効く。その睡魔は、死神の鎌《かま》のように真白の意識を刈り取ろうとしてくる。

「眠る前に……飛び降りと入水、どっちがいいかだけ聞いといてやるよ」

怜は自殺に見せかけて真白を殺す気らしい。良い手だと思った。このところ自分が思い詰めているのは、学校の先生やクラスメイトが知っている。真白の死体からは睡眠薬が検出されるだろうが、自殺の恐怖を和らげるために睡眠薬が使われることは多々あるから不自然ではない。しかも、それが真白の父が使っていた睡眠薬となればなおのことだ。自殺にぴったりな状況は揃《そろ》っていた。

この状況、打開するには。

真白はテーブルの上に置いてあったスマホへと手を伸ばした。

人格を交代させる。

怜と紫音が交代するトリガーはわかった。スマホで聖歌を流すことができれば、怜は紫音に変わるだろう。

だが、スマホに手が届くことはなかった。怜が取り上げたからだ。睡眠薬のせいで真白の動きは鈍かった。取り返そうと怜に襲いかかったが、ふらついて転んでしまった。

怜が取り上げたスマホをいやらしく見せつけてくる。

もう一度怜に飛びかかろうとして、意識が飛びかけた。睡魔は暴力的で、真白を強制的にシャットダウンさせようとしているかのようだ。とても戦うどころではない。

真白は怜に背を向けると、キッチンへとふらつきながら歩いた。そしてカウンターの上に置いてあったペティナイフを手に取って、怜へと振り返った。

「私も殺してみるか?」

怜がくつくつと笑っている。襲われてもいなすだけの自信があるのだろう。実際、今の自分では容易《たやす》くあしらわれるに違いない。だが、ペティナイフを取ったのは怜を攻撃するためではない。真白は刃を自分の太腿《ふともも》に向けて突き刺した。鮮烈な痛みが、意識を目覚めさせる。

「つう……」

血が腿を伝っていく。思っていたよりも痛かったが、いくらか眠気はマシになった。

「……やっぱ怖いわ、お前」

怜がひきつった顔をしている。

「自傷行為は控えてくれよ。自殺の状況が不自然になるから。やるなら自殺行為で頼む」

真白はふらふらと歩き出した。意識はいくらかはっきりしたが、運動能力は依然として失われたままだった。むしろ脚を傷つけてしまった分、さらに低くなった。

真白が向かったのは怜がいる方向ではなかった。よろめきながら家の玄関へ進む。意図に気付いた怜がぼやいた。

「あー、そういうこと」

怜はつかつかと真白に近付くと、肩を摑《つか》んで床に引き倒した。ペティナイフを奪い取って遠くに放り投げると、真白の上に座った。

「外に出られれば誰かが助けてくれるかもしれないもんな。私をどうこうする必要なんてないわけだ。寂しいな。もう少し傍にいてくれよ」

「う……く……」

真白は怜をどかそうとするが、力がほとんど入らない。

そのうちにまた意識が遠のいてきた。とにかく眠るわけにはいかなかった。真白は指を腿の傷口に突っ込む。激痛に呻《うめ》くが、意識は少し覚醒《かくせい》する。

「うわ……」と怜が顔をしかめた。

痛みによる覚醒は長続きしなかった。すぐにまた眠くなって、そのたびに、指を突っ込んだ。何度も繰り返した。地獄のような時間だった。

どれくらいの時間が過ぎただろうか。朦朧とする意識ではよくわからない。真白の上に座っている怜がうんざりしたように言った。

「いい加減諦めろよ。意味ないし、見てらんないし」

怜は真白の手を握った。それでもう傷口をえぐることはできなくなった。

「もう寝な。多分、死ぬの痛くないよ。飛び降りにしてあげるからさ。寝てる間に死ねる。ポジティブに考えたらどうだ。クリスマスイヴが命日なんて、ロマンチックだろ」

真白は抵抗をやめた。もうできることはなくなった。

冷たいフローリングに頬をくっつけながら、真白は聞いた。

「今……何時ですか」

怜が部屋の時計を見た。

「六時五十九分」

「今日クリスマスイヴなんですよね……」

「そうだけど？」

「この時季になると思い出します。八年前、紫音とクリスマスを過ごす約束をしたのを」

「それについてはごめんね。私が死んだせいでおじゃんになったんだ。あの子は楽しみにしてたよ、お前とのクリスマス」

「私も楽しみでした。父さんに門限まで延ばしてもらって。でも、紫音は来なかった。だから、聖歌は嫌いです。七時の門限を知らせる合図ですから……」

「七時の……」

そこで怜も気付いたようだった。

「そうか、お前の狙《ねら》いは」

怜の言葉はそこで途切れた。遠くから微《かす》かにだが、聖歌が聞こえてきたからである。

楓花町では朝夕六時に聖歌が流れる。原則として六時だけだ。

だが、例外もある。クリスマス及びイヴだ。キリスト教において特に重要であるこれらの日は、夜の七時にも祝福の聖歌が流される。

真白はこれをよく覚えていた。忘れられるわけがなかった。紫音が来なかった夜、裏切られた気持ちでこの聖歌を聞いていたのだから。

「う、く……」

怜が頭を押さえている。人格の交代に抗《あらが》おうとしているようだった。

「ま、待て……。こいつは、ここで」

怜が喋《しゃべ》ることができたのはそこまでだった。糸の切れた操り人形のように項垂《うなだ》れた後、再び顔を上げる。その時には怜の印象はあどけないものに変わっていた。

紫音だ。人格が交代したのだ。彼女は倒れている真白を抱え起こした。

「ごめん。ごめんね」

紫音はぼろぼろと涙を流していた。

「アンタっていつも謝ってばかりね」と真白は苦笑した。

「だって私のせいで……。脚が……」

「大丈夫。見た目ほど傷は深くないから。これくらい放っておいても……」

「ダメだよ。救急車……」

「やめて。これ以上目立つことしたら、本当にまずい。後でちゃんと病院行くよ。とりあえず……今は……」

そこまで喋るのが限界だった。真白の意識はぷつりと途切れた。

十二月二十五日（金）

目覚めた時にはもう朝だった。

真白は紫音のベッドの上に寝かされていた。少し動くと脚に痛みが走った。それで何があったかを思い出す。上体を起こして周囲を見た。部屋には紫音もいた。椅子《いす》に座ってうとうとしているようだったが、真白が起きたのに気付いて目を開いた。

「脚、痛くない？」

「ん、痛い」

眠っている時は痛みにうなされていた。何度も痛みで目覚めそうになったが、そのたびに薬効で眠りに戻される。嫌な眠りだった。

布団《ふとん》をめくってみると、太腿に包帯が巻かれていた。血がにじんでいる。

「紫音がやってくれたのね。ありがとう」

「消毒と包帯巻くくらいしかできなくて……。本当にごめんね」

「そんなに謝らないの。アンタは悪くないんだから。原因は怜さんよ」

「でも、ママがやったことは、私のしたことでしょ？」

「私はそうは思わないよ」と真白は微笑んだ。

「なんで笑えるの」

「うん？」

「怒るところだと思うの。殺されかけたのに。私のこと、ママのこと。怒っていいんだよ？」

真白は目を伏せる。

「怒れるわけないよ。……怜さんの言うこと、筋が通ってると思うから」

怜の言葉がリフレインする。

『そのうち口封じで紫音を殺すだろ』

「私は……」

先に喋ったのは紫音だった。

「殺されてもいいよ、真白になら」

紫音の頭にも同じ言葉がリフレインしていたらしい。

「ママの言う通り、私って馬鹿《ばか》だし。秘密にしようとしても口が滑っちゃうかもしれない。だったら、真白に殺されてもいいと思うの。それで真白が警察に捕まらなくなるなら嬉《うれ》しい。真白のためなら死ねるもん」

真白は紫音の頭を摑むと、わしゃわしゃと撫《な》でた。紫音の髪がぼさぼさになった。

「馬鹿なこと言うんじゃないの。私が紫音を殺すわけないでしょう。約束したじゃない。高校出たら一緒に暮らすって」

「でも、ママの言うことは筋が通ってるって言ってた」

「それはそれ。これはこれ。こう見えて、私はいつも紫音のことを考えてるのよ。どうすればアンタだけは警察から逃がせるかって」

「……ダメだよ。もし捕まるなら、その時も一緒だよ。真白と一緒なら、刑務所だって楽しいと思うし」

「共犯が同じ少年刑務所に行けるわけないでしょ。初犯だし、アンタは死体損壊と遺棄しかしてないし、情状酌量の余地もあるから、猶予《ゆうよ》つくよ」

「真白の言うことよくわかんないよ」

「ごめんごめん。捕まってもアンタは刑務所には入れられなくて済むよって話」

「真白だけ牢屋《ろうや》に入るのはダメ」

「そもそも捕まらないわよ、私たち。自白でもしない限りはね。物証が残ってないんだから」

　それを聞いた紫音の表情が変わった。何かを思い出したようだった。

「……あのね、潤君から連絡があったの」

「ああ。そういえば私がココア飲まされる前に話をしてたっけ」

「言ってたんだ。ポリタンクとドラム缶が真白のお父さんに見つかった。ごめんって」

「……え」

　一瞬で全身から血の気が引いた。ポリタンクとドラム缶がどうして父に？　父さんは自分たちが山に行ったことを知らないはず。それに何故ここで潤が……。わからないことは多いが、それよりも確認すべきことは別にあった。

「……私の父さんに見つかったの？」

紫音は頷《うなず》いた。

ならば父は事態をほとんど把握しているだろうと真白は思った。性的虐待《ぎゃくたい》を行っていた信幸、その信幸の失踪《しっそう》、山奥で何かを焼く真白、刑事の父がこれらに関連性を見出《みいだ》さないはずがない。

真白が深刻な顔をしていたからだろう。紫音は不安そうな顔をしていた。それに気付いて真白は言った。

「暗い顔しないで。物証はないから大丈夫」

半分は紫音を安心させるための嘘だった。実はまだ物証はあるのだ。

ドラム缶やポリタンクのことではない。それらは確かに物証だが実際のところは見つかってもあまり痛手ではない。焼却作業中はずっと手袋をしていたから、指紋は検出されない。知らぬ存ぜぬで通るし、もし目撃証言があったとしても二人でキャンプをしていたという言い訳もできなくはない。

問題はドラム缶やポリタンクが父に例の連続猟奇殺人事件を連想させることだった。父は考えるはずだ。真白がどこで死体を解体したのか。一番に疑うのが風呂場《ふろば》だろう。くだんの殺人事件でも風呂場で解体を行っているからだ。

もし警察が本格的に動き出して、一ノ瀬家に鑑識を寄越したら確実に風呂場も調べられ、血液反応が出るだろう。目に見える血痕は洗い流してあるが、ルミノール検査は誤魔化せない。検査を誤魔化す方法を真白は知っているが、意味はない。例えば、希塩酸などで血痕を洗浄すればルミノール検査に反応しなくなるが、その場合は酸の痕跡が残り、結局鑑識に血液の存在を推察させてしまう。

　風呂場に残る血痕。これが物証である。

　真白は風呂場をどう処理するか考えたが、妙案は浮かばなかった。出るはずがない。今日まで何度も考えてきて、答えが出なかったことなのだ。ひとまず血痕については後で考えることにした。それよりも考えるべきは父のこと。父がどれだけの情報を得ているのか。

「とりあえず……一旦《いったん》、帰るわ。無断外泊しちゃったし」

　父から情報収集をしたい。それに父は無断外泊した娘のことを気にかけているはず。一度家に帰っておく必要はあった。

「おうちに帰って大丈夫？　捕まらない？」

「心配性だなぁ。何度も同じこと言わせないの」

　不安そうな紫音に向かって、真白は笑った。自信に満ち溢《あふ》れた笑みを作ったが、張りぼてだった。紫音を安心させるためだけの笑み。笑っている本人は、状況を打開する策など浮かんでいない。家に帰りたくなどなかった。父がどんな目で自分を見るのか、想像すると逃げ出したいくらいだった。

足取りは重かった。十分ほどで帰宅できるところを、倍近い時間をかけて帰った。

家の前に着いた。今は朝の十時で、天気も良い。なのに、家から陰鬱《いんうつ》とした空気を感じた。ゆっくりと静かに玄関ドアを開ける。中に入って、音が立たないように閉めた。盗人《ぬすっと》のようにそっと玄関を上がる。父との対面が避けられない以上はこんな行いに意味がないことはわかっているのに、無意識にそうしてしまった。

一階の廊下を進み、ダイニングの横を通りかかった時、声をかけられた。

「真白」

ダイニングには父がいた。テーブルについて、指を組んでいる。真白はばつの悪そうな顔を父に向けたが、父は真白の方を見ていなかった。ただ組んだ指を見つめている。

「……やば、朝帰りバレちゃった。今日に限ってちゃんと家にいるんだね」

「帰りが遅いから心配した。一ノ瀬さんのお宅にいるとわかったからよかったが」

「なんで知ってるの？」

「家まで行ったからな。娘さんが教えてくれたよ。ぐっすり眠っていて、帰れる状態じゃないと。真白、お前は女の子なんだから外泊は控えなさい。どうしても避けられないときは、せめて連絡を入れなさい」

「ごめん。眠すぎてラインもできなかったの。最近、疲れることとばっかかで」

「疲れることばかりか」

　空気が張り詰めるのを感じた。

「話がある。こっちに来なさい」

「お説教？」と茶化して返す。

「違う。もっと大事な話だ。座りなさい」

　真白はダイニングに入って、父の前に座った。

　父はやっと真白を見た。言いようのない圧のある目つき。取り調べを行う時、きっとこういう目をするのだろうと真白は思った。

「父さんはな、昨日、野鹿山に行った」

「へえ、キャンプ？」

「捜査だ。といっても単独だがな。お前の様子が最近おかしいから、理由を探りたかったんだ」

「それでなんで野鹿山に？」

「潤君が向かったからだ。彼氏なら何か知っているんじゃないかと思って揺さぶりをかけた」

「彼氏じゃないわよ」

「潤君は山中でドラム缶とポリタンクを見つけた。ポリタンクの方は持ち去ろうとしていた」

「ゴミ拾いでもしてたのかしら。いいとこがあるわね」

真白にはすぐにわかった。潤が真白を心配して証拠隠滅を図ろうとしてくれていたこと。

「彼は少し前に、山中でお前を見たようだ。お前が何をしているのを見たのかは話してくれなかったがな」

真白は敵意に近い感情を父に向けていた。いつかまをかけてくるのか、いつ詰問《きつもん》をしてくるのか、決して引っかかるまいと警戒していた。

「一ノ瀬信幸さんの娘への性的虐待、その信幸さんの失踪、信幸さんの娘とお前の交流、山中で見つかったドラム缶とポリタンク、そしてお前の刑事事件についての知識」

真白は挑むような目つきを向けた。

「それで？　何が言いたいわけ」

「言うのはお前だ、真白」

「は？」

「はっきり言う。俺はお前を捕まえることはできないだろう。お前のことだ。わかりやすい物証を残すようなヘマはしていまい。ポリタンクとドラム缶程度の物証には、捜査本部を立ち上げるだけの説得力はない」

真白もそうだろうと思っていた。物証なき殺人の強みはしっかりと生きているようだ。状況は真白に圧倒的に有利らしい。だが、だからこそわからない。何故父はそれを真白に伝えるのか。嘘でも捜査が進んでいるかのようにふるまった方が、真白にプレッシャーをかけられるだろうに。どうしてこんなにあけすけに情報を開示するのか。

「お前はその気になれば逃げきれる。だが、俺はお前がそんなことをする人間ではないと信じたい」

それで真白は父の思惑を理解して、呆《あき》れた。「そういうこと」

「だから俺は、お前に問う。一ノ瀬信幸さんを殺害し、死体を損壊して、遺棄したか？」

「随分ストレートに聞いてくんじゃないの」

要は、自白させようという魂胆なのだ。

——馬鹿らしい。

父は愚かだ。自分の捜査状況を全部被疑者に開示して。相手に情報を与えて。それが信頼の証《あかし》だとでも言うみたいに。そんなものは無視すればいい。ただひとこと「何を言ってるかわかんないんだけど」と言えば終わりだ。もはや真白の勝利は確定したのだ。

なのに、真白は否定の言葉を口にできなかった。

父の前で嘘を吐く。美澄清正に嘘を吐く。それをしたら、いよいよ自分が自分でなくなってしまう気がした。今日まで信じてきたものが崩れるとしたら、多分この時なのだ。

怜の言葉が残響した。

『紫音を助けてくれたお前はもういないんだよ。パパを殺した時に、お前が一緒に殺したのさ』

怜は鋭い。彼女の言う通り、罪を犯す前の自分はもうどこにもいない。だったらこの場で嘘を吐くくらい、なんでもないはずなのに。

――声が聞こえる。

私の中のバラバラ死体が叫んでいた。

「参ったな」

真白は薄笑いを浮かべて、ため息を吐いた。

「父さん、マジ尊敬してるよ。年頃の娘は男親を嫌うっていうけど、あんなの嘘だよ。ちゃんとした男親なら好きなままだよ」

真白は髪を乱暴に搔《か》いた。

決意を、したのだった。

「わかった。全部話す。私、父さんには嘘を吐けないみたいだ」

父は黙っている。続きの言葉を待っている。

「多分、楽しい話にはならないと思う。私に失望するよ。お互いすごく暗い気持ちになるんじゃないかな」

「覚悟はできている」

「さすがだね。でもごめん。私がまだできてないんだ。だって、今日、クリスマスだよ。今日くらい楽しい気持ちで過ごさせてよ」

真白は言った。

――クリスマスパーティーやりたいんだ。

「猶予つけてよ。今日一日だけ、自由に楽しませて」

父は真白を見ている。今すぐに真実を話させたいという目だ。

真白はそれをまっすぐに見つめ返した。昔の自分を思い出して、同じ目をした。

「わかるでしょ、父さんなら。嘘やその場しのぎを言ってる人間の目じゃないって。約束する。明日が来たら、全部話すから」

父と娘は見つめ合った。睨《にら》み合いにも似ていた。

折れたのは父だった。

「俺の娘を信じる」

真白は父に微笑んだ。

「ありがとう」

真白は席を立った。

「今日一日しか時間がないからね。目いっぱい楽しんでくる」

真白はリビングを出ると、二階にある自室へと向かった。


階段を上がりながら、スマホを取り出した。ラインを起動する。潤に電話をかけようとして、ブロックしていると電話がかけられないことに気付いた。解除して今度こそ電話をかけた。

呼び出し音が続いた。潤にしては出るのが遅い。随分と待ってやっと潤が通話に出た。

潤が口を開く前に、真白が喋った。

「遅いわよ。もしかして寝てた？」

「いや……」

歯切れが悪い。

「ねえ、アンタ。今日私と付き合ってよ」

「付き合う……？」

「クリスマスだから色々楽しもうと思ってさ。アンタと遊びたいの」

「いや、やめておこう……」

「え？　なんで？」

「どんな顔して会えばいいか、わかんないから」

ポリタンクのことを言っているのだとわかって、真白の声が柔らかくなった。

「私のためにしてくれたことでしょ。気にしてないっての」

返ってくる無言は重い。

「申し訳ないと思ってるなら、なおのこと付き合って。罪滅ぼしってことで」

「……わかった」

「じゃあ、橋で待ってるから。アンタを落とした橋」

「ああ……」

「テンション上げなさいよ。クリスマスデートなんだから」

「そうだね……」

通話が切れた。

「さて」

クローゼットを開けて、服を選ぶ。せっかくのデートなのだ。できるだけ可愛《かわい》いものを着ようと思った。そうするとラックの中でひときわ綺麗《きれい》な服が目に付いた。

引っ張り出してみる。胸元の大きなリボン、フリルのあしらわれたスカート、腕の部分に編みこまれたオーガンジーリボン。

潤と一緒に服を見に行ったことがある。その時に買ったワンピースだ。ショーウィンドウに飾られているこれを見つめている真白に、潤が言った。

「絶対似合うよ。君はいつも黒い服着てるけど、本当は白の方が合うって常々思ってた」

その時、うっかり口車に乗せられて買ってしまった。だが、今日まで一度も袖《そで》を通していない。家に帰ってみると冷静になって、着る気になれなかったのだ。今も……。

が、迷った末に覚悟を決める。

「アイツには一度くらい、見せとかないとね」

それに布の多い衣装は、真白の目的にもぴったりだ。

ワンピースを着ることを決意した後、太腿の傷口をラップで保護してシャワーを浴びる。隅々まで体を洗った。風呂を出た後、ロキソニンを飲む。

さっぱりした後、純白のワンピースに袖を通した。ワンピースに合うだろう帽子やソックスも家にあるものから見繕った。全《すべ》てを身にまとった後で、姿見で全身を映して不安になった。

「本当に似合ってるんでしょうね……」

眩《まぶし》いほどの白。潤は絶対に似合うと言っていたが、自分で見る限りはとても似合っているとは思えない。でも、着ていかないという選択肢はなかった。今日を逃したらもう着られる日がない。

ワンピースを着て、階段を下りる。リビングの父と目が合った。お嬢様のような格好をしている紫音を見て、父は少し驚いていた。真白は顔が熱くなった。

「はりきっちゃってまーす」と顔の横でピースを作って、おちゃらけてみる。父は笑わなかった。恥ずかしかった。

家の外に出る。道行く人が真白を見た。今の格好は、地方都市の住宅街では浮いているのがよくわかった。顔から火が噴き出しそうだった。

橋に着いた。既に潤は待っていた。欄干から川面《かわも》を見下ろしている。冬の陽射《ひざ》しを受けて、水面がきらきらと輝いていた。

真白が近づいても、潤は気付かなかった。真白は彼の背中をぽんと叩《たた》いた。

「よっ、お待たせ」

暗い目をした潤が振り返った。それに合わせて、真白はワンピースを見せびらかすように両腕を開いた。

「じゃーん」

そしてくるりと回る。スカートがふわりとひるがえって円を作った。

「どう。着てきてやったわよ」

「ああ、うん……」

「ああ、うんって何よ。気の利《き》いたことの一つくらい言えないの？」

「かわいいよ」

「全然心が込められてないわね」と真白は口を尖《とが》らせた。

「真白、ごめん。やらかした」

真白はため息を吐《つ》いた。

「私の周りの連中は謝ってきてばかりね。気にしてないっての」

「けど……」

「うじうじしない。クリスマスよ。楽しく過ごしましょうよ」

けれど、潤は少しも元気にならない。真白は困り笑いを浮かべた。

「ちょっとお散歩しながらお話しする？」

二人で並んで土手を歩いた。乾いた空気に澄んだ陽射し。ほどよい気温で絶好のお散歩日和《びより》だ。ジョギングする中年や、犬の散歩をする子供がちらほら見える。

歩きながら、真白は言った。

「私ね、人を殺したんだ」

真白は両手を突き上げて、うんと伸びをした。

「あー、すっきりした。ずっと肩凝って辛《つら》かったの」

「そりゃあそうでしょ。不良も向いてないヤツが、犯罪なんて似合うわけない」

「そう？　別の人には犯罪の才能ありすぎッていわれたんだけどね」

「……まだ僕にできることはある？」

縋《すが》るような目だった。

「もう足は引っ張らない。真白の言うとおりにだけ動く。どうしたらいい？　君の代わりに出頭すればいいかな」

「出頭？」

真白は腹を抱えて大笑いした。

「マジで馬鹿じゃん？　思い詰めすぎ。なんでアンタが私の罪を被《かぶ》るのよ」

「でも僕はそれくらいのポカをした。何かさせてもらわないと気が済まない」

「……わかるよ。何かやらかすと、すっごい不安でどんどん参っていく」

「僕は何をすればいい？」

「そこまで私に尽くしたいなら……一つお願いをしてもいい？」

必死な顔をした潤が真白に迫った。

「なに。なんでもする」

「うん。じゃあ、お願いするね」

真白はこれ以上ないくらいに悪戯《いたずら》っぽく笑った。

「私の彼氏になってよ」

「……は？」

「だから、彼氏よ。恋人。今日一日だけでいいんだけど」

「いや……何言って」

「何よ。嫌なわけ？」

「そうじゃない。そんなことしても何の助けにもならないって言ってるんだ」

「なるよ。私がなるって言ってるの。それは、助けになるんだよ」

「なるわけない。真白、何考えてるんだよ」

「はー、乙女心がわかんないやつね。気付かなかった？　私、ツンデレなの。ずっと前から潤のこと好き……」

「君が僕のこと好きなわけないだろ」

静かだったけれど、確信を持っている声だった。

「間違ってるかもしれないけど……君は明日捕まるんじゃないのか？　だからさっき言ったんじゃないのか。今日一日だけでいいって」

立ち止まっている潤へ、真白が振り向いた。

「……今日で、終わりなんだな」

「まあ、ね」

真白は言った。

「許されないことをしちゃったからね」

さすがの潤も、真白の行いを肯定することはできなかった。

「父さんが言ってたんだ。刑事は、銃を持つんだって」

「そうだね。子供でも知ってることだ」

「今になってやっと意味がわかった。私が銃を持ったら、威嚇《いかく》のためには使わないんだろうなって。犯罪者に相対したら、その瞬間に躊躇《ためら》いなく撃つと思う」

真白の顔には困ったような笑みが浮かんでいた。

「こんなやつ、刑事にしちゃいけないよね」

潤は言った。

「間違いなく君は危ないやつだよ。初めは君が怖かった。僕を助けるためとはいえ、相手を病院送りにするのかって」

「はは、だよね」

やっぱり潤も怖かったのだ。それを今知って、胸が痛んだ。傷口に染《し》み込むような静かな痛みだった。

「君は危険だ」

真白は乾いた笑みを浮かべ続ける。これ以上責められるのが怖かった。その怯《おび》えを表情にださないようにして、潤の言葉を待った。

「だから、確信していることがある」

そして潤は続きを口にした。

「君の銃弾は、犯人の刃《やいば》より速いだろう。誰かが助けてと叫ぶとき、誰より速く動くのは君だろう」

真白の目が大きく見開かれた。

「だから僕は、君に刑事になってほしかったんだ」

瞳《ひとみ》の奥の方が熱くなって、何かがあふれ出そうになったのをどうにか押しとどめた。

潤に泣き顔は見られたくない。

「……何よそれ。言ってること無茶苦茶……。私が危ないやつってわかってるくせに」

「そうかもしれない。だって、僕は君の味方でいたいだけなんだ」

そうして潤は言った。

「僕は君が好きだから」

胸が詰まった。

……潤がそんな風に自分を見ていたなんて、思いもしなかった。

告白としては格好がついていなかった。洟《はな》をすする音が聞こえた。潤は泣いていた。

彼が泣くところを初めて見た。顔が真っ赤で、鼻水でぐしゃぐしゃだった。汚い泣き顔だった。

それを見て、困ったなと真白は思った。

「ごめん。アンタの言う通り、私は潤のこと別に好きじゃないわ」

けれど、真白は潤の前に立つと、つま先立ちをした。

「でも、その泣き顔は……」

真白の唇が、潤のそれに触れていた。

その瞬間、潤は真白を抱き寄せた。凄《すさ》まじい力で背骨が折れるんじゃないかと真白は思った。けれど真白も同じくらい強い力で潤を抱いた。

道行く人が二人を見た。あるいは見ていないふりをして通り過ぎていった。

唇が離れた。熱を帯びた視線が交差していた。

真白が言った。

「今日で終わりだから。思い出をちょうだいよ。私もあげられるものはあげるから」

橋の下に行った。周囲に誰もいないことを念入りに確認する。

「服、汚さないでね」

「努力するけど、こんな真っ白の服じゃ……」

「努力じゃなくて絶対。少しでも汚してみろ。マジで許さない」

「それよりもゴム……」

「一個だけならあるよ」

「なんで……？」

「財布に入れてるの。絶対つけて」

「そりゃつけるけど……。でもこれ、どうやって」

「私がわかるわけないでしょうが」

二人で四苦八苦しながら避妊具をつけた。気付いた時には二人とも笑っていた。今の自分たちはどれだけ滑稽《こっけい》な姿をしているだろう。

潤が真白の片足を持ち上げた。密着する。潤がかき分けて入ってくるのを感じた。

「……いたっ」

「ごめっ……」

「ほんとにこんなの入るの……いっ」

「や、やめとこうか」

「アンタがビビッてどうすんの。一気にきて」

「でも痛いんじゃ……」

「痛みよりも大事なことがあるのよ。さっさとして。人が来る」

返事はなかった。代わりに突き破られるような感覚があった。たまらず真白は、大きな声を出してしまった。自分で自分の口を覆《おお》った。

「は、入った……入ったわよね」

「いや、まだ半分……」

「嘘《うそ》……。ちょっと休憩……」

「ごめん、真白」

「うん？」

「気持ちいい」

「マジか……」

さらに深く入ってくる。身が刻まれるような思いを、真白は声を殺して耐えるほかなかった。潤の背中に爪《つめ》を立てて、掻き毟《むし》るように抱いた。

潤が果てた時には、真白はすっかり消耗していた。一張羅のワンピースを着ていなかったら、その辺に寝転がっていたかもしれない。ハンカチで太腿を滴《したた》る血を拭《ぬぐ》っていると、潤が尋ねてきた。

「き……気持ちよかった……？」

「ふっ」

それは呆れ笑いだったけれど、同時に愉快でもあった。

「それ聞けちゃう勇気がすごいわ」

男子とは、時々信じられないくらいに察しが悪くなるものらしい。

「だ、だよね。ごめん、ほんとに。僕ばっかり」

「アンタは気持ちよかったんだ？」

「そりゃあ……もう」

「じゃあよかった。私は痛かったけど」

「ごめん。今日の僕、謝ってばっかだ」

「最後まで聞きなさいよ。痛かったけど、なんか幸せでもあったよ。だからしてよかった」

「……そう言ってくれると救われる」

潤は言った。

「この後、どこ行く？」

潤は真白の返事を待たずに、続けた。

「行きたいとこあるんだ」

「どこよ」

「ディズニーランド。エレクトリカルパレード見たいんだ」

「ウケる」

ディズニーランドは関東にある。九州の真白たちの町からは飛行機をつかっても片道で五時間ほどかかるだろう。エレクトリカルパレードが始まるのは七時であるから……。

「日付が変わるまでに帰って来られないじゃない」

「そうだよ。そうしたら真白、今日を越えられるだろ」

「……抱いた女を口説いてどうすんの」

「やっぱりやだ。今日で終わりだなんて。見ようよ、パレード」

「ダメよ。私は私のしたことに責任を持たないと」

潤はもう何も言わなかった。

「さて、やることとやったし。アンタとのデートはここまで」

「ここまで？」

「うん。次は紫音に会わないと。今日一日で、大事な人に会っとくのよ」

「……そりゃあそっか。僕だけってわけないよな」

「拗《す》ねないの。クリパに呼んであげるから」

「クリパ？」

「今日はね、紫音の家でクリスマスパーティーやるつもりなの。紫音と会うのはその準備も兼ねてる。スケジュールはこう。六時に駅前の十字架像の前に集合。二時間ほどカラオケで盛り上がってから、紫音の家に行ってクリスマスパーティー。日付が変わるまで思いっきり楽しむのよ」

「……真白がそれでいいなら、行くよ」

「いいに決まってるじゃない。じゃ、六時にまたね。絶対忘れんなよ」

真白が手を振って、潤から離れる。

「ああ、私のことは明日になったら忘れてね。もっとまともな女、探すのよ」

「忘れるわけないだろ」

潤の声は静かに怒っていた。

「真白みたいな女、死ぬまで忘れられるわけないだろ」

その怒りが真白にはこそばゆかった。

潤に背を向けて、言った。

「大丈夫。忘れられるよ」


一ノ瀬家に着くと、紫音が玄関までやってきて出迎えた。

「真白、よかった。捕まらなかったんだね」

「大丈夫だって言ったでしょ」

真白は上がり框《かまち》に上がる。歩き方がぎこちなかった。

「真白、歩き方が変だよ。やっぱり昨日の怪我《けが》のせい？」

「あー、まあ……それもあるけど。ちょっと大人になったっていうか」

「大人？」

「……それは置いておいて」

話しながらリビングに入った。

「紫音、話があるの。すごく大事な話」

「大事な話？　どんな？」

「これからの話よ」

　自分の声が固くなっていることに真白は気付いた。紫音が身構えた。不穏な気配を察したらしい。

「楽しい話だよね。高校出て、一緒に暮らす話だよね。大学も一緒のところに行けるといいね」

「ごめん。それは無理になっちゃった。私も楽しみにしてたんだけどね」

「どうして無理なの」

「今日で……終わりなのよ」

「終わらせないよ。全部話すよ、私が」

　紫音の声音も硬かった。

「話せばわかってもらえるよ。だってパパは悪い人だった。真白は悪い人を倒しただけじゃない。それでどうして捕まらないといけないの」

「私も悪い人だからよ」

「私だって悪いよ。私が酷《ひど》い目に遭ってたんだから、本当は私が殺さなきゃいけなかったのに。そうだよ、私が殺したことにすればいいんだよ」

「そんなことできるわけないでしょ」

「それなら真白に罪を押し付けるのだって、同じくらいできないよ」

紫音は真白の瞳を見つめて言った。

「言ったよね。私も真白を助けたいんだって」

「紫音。やっぱりダメなのよ。自分のやったことには責任を持たないと」

「責任責任って、真白はいつもそうだよね。そんなの、捨てちゃいなよ」

その言葉に真白は目を見開く。紫音は叫ぶように言った。

「悪い人なら悪い人で、もういいじゃん」

それは真白の中にはない発想だった。

父のような刑事になりたかった。それは小さい頃からの夢だ。けれど、それが一層強固になったのは紫音のことがあったからだ。あの夜、悪いやつに攫《さら》われる紫音を見て、正義の味方にならなければと思ったのだ。

でも、その紫音がもう正義の味方をやめてしまえというのであれば。

私はここで、本当の意味で荷を下ろせるのかもしれない。

紫音を襲う者はもういない。自分が倒したのだから。

いつの間にか、私はやり終えていたのだ。

ふっと道が開けたような感覚があった。紫音と一緒にいる未来。手を繫《つな》いでいる自分たち。そこにいる自分はもう悪夢を見ることも、夜の町を歩くこともない。それはもしかすると、小さい頃からの私の夢だった。自分でも気付いていなかった、本当の夢。

紫音は手を差し伸べてくる。

「眠れないなら手だって毎晩握るよ。だから」

そうだ。紫音さえいてくれれば。

潤も父も、真白を肯定することはできなかった。だけど、紫音だけは違う。

「…………」

紫音の手を握ろうとした。その時だった。

リビングのアップライトピアノが目に入って、胸の痛みと一緒に、旋律が蘇《よみがえ》った。八年前に聴いた名前もわからぬ曲。それが頭の中に流れ出して、真白の手は宙をさまよった。真白の様子に紫音が気付いた。

「ピアノ？」

「うん」と真白は頷いた。

「ねえ、紫音」

「なに」

「アンタのピアノが聴きたい」

「ダメだよ」と紫音は拒否した。

「今の真白には……」

「お願い」と真白が言う。

「今日、クリスマスだからさ」

それで紫音は応じた。黒い革張りの椅子《いす》に座って、鍵盤《けんばん》の上に指を置く。

白い鍵盤の上を細い指が動いた。

弾く曲については、二人とも言及しなかった。必要なかった。互いに思い描いている曲はひとつだけだった。

雨の日を思わせるような、物悲しい旋律が流れ出す。それが少しずつ激しさを増していって、最後には力強い音となる。そこから感じるのは、悲しみと同じくらいに強い怒りのように真白には思えた。

八年前に聴いた曲。

旋律に歌声が重なる。普段のおっとりとした、あるいは気弱な紫音とは違う。ガラスのように透き通っていて、それでいて鉄のように揺るぎない芯《しん》がある声。

Lacrimosa dies illa,　　涙の日、その日は
qua resurget ex favilla　　**罪ある者が裁きを受けるために**

judicandus homo reus:
Huic ergo parce Deus.
pie Jesu Domine,
Dona eis requiem. Amen.

灰の中からよみがえる日です。
神よ、この者をお許しください。
慈悲深き主、イエスよ
彼らに安息をお与えください。アーメン。

知らない言語。なのに不思議とその歌詞の意味していることが余さず真白にはわかった。真白の精神は完全にこの旋律と同調していた。それはきっと、紫音が八年かけてこの曲を洗練させてくれたからだ。八年前のクリスマスのこと、悔いていたのは真白だけではなかったらしい。いつかまた会えた時のために紫音がこの曲を弾き続けていたことが、奏《かな》でられる音色からわかった。時として音楽は、言葉よりも遥《はる》かに豊かに想《おも》いを伝える。

まだ無邪気に刑事に憧《あこが》れていたころの私が、ピアノの傍らに立っていた。そして物も言わずに、じっと私を見つめている。

歌声と指が止まった。それで在りし日の真白も姿を消した。

聴き終えた真白は思い出していた。あの時、紫音は言っていた。真白にぴったりな曲だと。

「アンタ、天才だね」

精一杯褒めたつもりだが、紫音は浮かない顔をしている。

「なんていう曲なの」

「モーツァルトのレクイエム」

セクエンツィア第八曲、ラクリモーサ『涙の日』。

「すごく、いい曲」

そんな凡庸な感想しか出ない自分を呪《のろ》った。けれど、これ以上に今の自分の気持ちを表してくれる感想もない気がした。

ピアノの前に座っている紫音を見て、真白は思う。

不器用な子だ。別の曲を弾いて誤魔化す手もあっただろうに、それができなかったのだ。私のために曲を弾くとなったら、この曲しかなかったのだろう。でも、そのおかげだ。

「ありがとう。音楽ってこんなにすごいもんなんだね」

それでも紫音は俯《うつむ》いている。自分の曲が真白にどんな影響を及ぼすか、わかっていない彼女ではないのだ。実際、聴き終えた真白は、その曲によって自分を正しく理解していた。

きっと紫音の言うように自分の悪性を受け入れることは私にはできないだろう。一緒に歩むその先で、きっと私は私を許せなくなる。私は私の断罪者となって、私を裁く。

――あなたがたは自分の裁く裁きで裁かれ、自分の量る秤《はかり》で量り与えられる。

真白は薄く笑った。聖書というのは実によくできている。

真白は紫音に言った。

「私の罪は、今日で終わりにする」

それは断絶の言葉だった。

「真白が罰を受けるなら私も一緒に受けるよ」

「やめて」

「私のことばっかり心配しないで」

「紫音のことだけを心配してるんじゃないの。この方法ならみんなが救われるから」

「……本当に？」

「本当よ。だから、今から私の言うことに、頼むから『はい』って答えてほしい」

「そんなの、内容によるよ」

「これから私がどうなろうとも、事件の真相は誰にも言わないで。話すことで私と一緒に罪を償おうとか思わないで」

「いやだ」

「この先、私の身に起こることを受け入れて」

「いやだ」

『『はい』って言って」

紫音は椅子から立ち上がって叫んだ。涙の粒がぱらぱらと散って、床の上で弾《はじ》けた。

「いやだ。絶対いやだ」

「紫音、アンタはすごく一途《いちず》な子だから。一言『はい』って言ってくれれば、私はアンタを信じられるのよ」

「いやだって言ってるでしょ。怖いよ、真白。何が起こるの。ううん、何が起きたとしても、一人はダメだよ。全部一人で背負い込んだら変だよ。私のためだったのに」

『『はい』って言えばいいの」

「言わない」

「どうしても言わないなら、私はアンタに酷いことをしなきゃいけない」

真白は紫音を睨んだ。紫音がたじろぎそうになったのがわかった。こんなにも敵意を込めて彼女を見たのは初めてだった。脅してでも言うことを聞かせたかったのだ。だが、紫音は後ずさりしそうになった足を抑え込んだ。負けないという瞳で真白を睨み返してくる。

「すればいいよ。何をされても言わないから」

紫音は下がるどころか、前に踏み出した。そして真白に抱き着いた。

「何されてもいいよ。言ったよね、真白になら殺されてもいいって。そうだね。それがいいよ。ここで一緒に死んじゃおうか。そうしたらもう悩まなくて済むよね。もう見たくないよ。苦しんでいる真白」

つい真白は紫音を抱きしめ返していた。紫音に向けていた敵意が霧消してしまったことに気付いた。真白は陽だまりのような気持ちで、紫音の背中に手を回した。真白は紫音に、そっと言った。

「ありがとう。私なんかを、こんなに好きになってくれて」

真白の手が背中から頭へと動いた。いつも頭を撫《な》でる時の仕草に似ていた。

だが違った。

歌声がした。

「ごめんね。大好きだよ」

紫音の耳元で、聖歌が響いた。真白が手に持つスマホから流された音色だった。

「あ、う」

紫音は真白から離れて、よろめいた。

「なん、で……」

紫音の意識が途絶する。人格の交代が始まる。体のコントロールが効かなくなっていく。怜が出てこようとする。それを止められない。紫音の人格は肉体の奥底に沈んでいった。あとはここで起こることを眺めるしかできなくなった。

紫音が怜へと変わった。

「私も知りたいね。どうしてこの状況で私を出したんだ」

怜は微笑《ほほえ》んでいる。好戦的な笑みだった。目は全く笑っていない。

「私はまだお前を殺そうとしているんだけどな」

「いいですよ」と真白が答えたものだから、怜が怪訝《けげん》な顔をした。

「私を殺させてあげます。だから協力して」

「ふうん」と怜が口元に指を当てて思案した。見つめてくる目は、真白の意図を推し量ろうとしているようだった。

「……とりあえず話を聞こうか。どんな協力をすればいいんだ」

「そんなの決まってるじゃないですか。今日はクリスマスなんだから」

真白は歌うように楽しげに答えた。

「クリパの準備です」

怜と向かったのはスーパーだった。クリスマスパーティーに必要な食材を買いに来たのだ。

クリスマスソングの流れる生鮮食品コーナーを歩いていると、隣の怜が笑った。

「何がおかしいんですか」

「まさかお前とまた仲良く歩く日が来るとは思ってなかったから。それもパーティーの準備のために」

「今日のパーティーに揚げ物は欠かせないですよ。でも、唐揚げは芸がないかも。お弁当に良く入れてるし、クリパっぽくないですし」

「クリスマスなんだ。フライドチキンにすればいい」

「じゃあ結局鶏肉《とりにく》ですね」

「七面鳥も買っていこう」

「肉ばっかりでバランスが悪いですが」

「でも、クリパにするんだろう」

「そうですね。シンボリックですから買っていきましょう」

「てかケーキだよケーキ。買わずしてクリスマスは語れない」

「やはりショートケーキですね。ホールで買うとそれっぽい」

「今からツリーの準備はさすがに間に合わないかな」

「モールくらいなら、その辺で売ってるかも」

「いいね、雰囲気出るよ。ああ、そうだ。アレも買っていこうか。クリスマスのお菓子詰め合わせ」

「高校生にもなってアレは……」

「でも、お菓子がクリスマスブーツに入ってるんだぞ？　楽しげな雰囲気出ると思うな」

「……まあ、紫音なら買ってきてもおかしくないか」

二人は買い物かごに食材やシャンメリー、お菓子を放り込んでいく。買い過ぎかと真白は思ったが、今日はクリスマスなのだから浮かれてたくさん買うこともあるだろうと思うことにした。

二人で買い物袋を両手に持って、一ノ瀬家に戻ってきた。やはり買い過ぎた。ビニールが手に食い込んで痛かった。リビングの机に荷物を置いた時、体が浮き上がるような感じがした。

さっそくクリパの準備を始める。買ってきたキラキラのモールを壁に飾りつけると、それだけで一気にクリスマス感が出た。ケーキとシャンメリーは八時に開催予定のパーティーに備えて、冷蔵庫に入れた。

「あとは今のうちに作れる料理を作っておこう」

「揚げ物は最後として」

「ホワイトシチューかな」

一緒にキッチンに立った。真白がジャガイモを切る隣で、怜がニンジンを切る。型抜きを使ってハートやお星さまの形にしていく。できたお星さまに怜が包丁で飾り切りをしているのを見て、ああ、本当に母親なんだと思った。

怜がニンジンに切れ込みを入れながら言った。

「殺したの一人だろ？」

「はい？」

「情状酌量の余地もあるし、近年は厳罰化の傾向にあるとはいえ少年法の適用も一応あるだろ。大人しく自首すれば、数年で出てこられんじゃないの」

真白は怜ににまーっと笑いかけた。

「私を殺すんじゃなかったんですか？」

「……忘れてくれ。日和《ひよ》った」

「怜さんでも、日和ることがあるんですね」

「当たり前だ。娘を守るためとはいえ、人を殺すとなれば怖くもなる」

「怖いならやめときます？　紫音は私に死んでほしくないと思っています。ここで私の命を助けたら、紫音はあなたのことを大好きになるでしょう」

「やめろ。私を惑わすなよ」

怜は、空いている手で耳をふさぐジェスチャーをしてみせた。

「冗談です。何が何でも私はここで死ぬつもりですから」

怜が真白を横目に見た。

「お前さぁ、怖くないの？」

「はい？」

「死ぬのが怖くないのかって聞いてる」

「信じられないかもしれないですが、マジで怖くないですね」

「やっぱり狂ってるね」

真白はからからと笑った。罵倒《ばとう》は全く響かない。

「今朝は調子がいいんです。潤に人を殺したって打ち明けた時から、肩が軽くて。父さん、潤、紫音。みんなを悲しませたくないって意味では死にたくないんですけど、死が怖いわけじゃない。これが正しいって信じてますので」

「そうかい。ちょっとお前に同情してたんだけど撤回しよう。やっぱりお前みたいなヤツは娘の隣にいてほしくない」

「怜さんこそ、覚悟はありますよね？」

「うん？」

「今日から五年間、紫音を表に出さない覚悟ですよ。損壊と遺棄の公訴時効が完成するまで」

「……我が子から青春を五年も奪うのは心苦しいけどね。やむを得ないだろう。犯罪ってのは執行猶予《ゆうよ》が付けばそれでいいってもんじゃない。今回の事件はセンセーショナルだし、表沙汰《おもてざた》になれば生涯にわたるバッシングは避けられない」

「時効さえ成立すれば、あとは紫音が何を騒ごうが無意味です。それまでお願いしますよ」


シチューが完成した。次はフライドチキンだ。切った鶏肉を卵液にくぐらせ、薄力粉をつけていく。揚げ物鍋《なべ》の深さの三分の二ほどまで油を入れて完成。フライドチキンを作るにしては油の量を少々多めにしたのは念のためである。

その後は怜とリハーサルの時間だ。

「本番は一回きりですから。念入りにやりましょう」

「はいはい、わかってるよ」

二人は玄関に向かって、シミュレーションを始めた。

「強姦魔《ごうかんま》は玄関から入ってきました。前からこの家に狙《ねら》いをつけていたのです。何故《なぜ》ならしばらく前からこの家には女の子が一人になって、実に狙い目だったからです。不幸なことに今日は玄関の鍵《かぎ》が開いていた。家の中に入った強姦魔は、キッチンに向かいます。そこから料理の音がしたんですね」

言いながら二人はキッチンへと歩いていく。途中、怜が聞いた。

「もっといろんな場所を荒らさなくていいのか？」

「入ってきたのは強姦魔ですよ？　不自然な痕跡《こんせき》は逆効果です」

　フローリングの廊下を歩いてキッチンに入った。

「キッチンでは一人の女の子がクリスマスパーティーのための料理を作っていました。狙いとは別の女の子でしたが、強姦魔は妥協して襲うことにしました。強姦魔に気付いた女の子は悲鳴を上げますが、残念ながらこの家は虐待《ぎゃくたい》を目的として建てられた建造物。周囲に広い庭があるせいで、隣家に声が届くことはありませんでした。女の子は咄嗟《とっさ》に包丁を手に取りますが、男と戦って勝ち目が薄いことはわかっています。逃げようとしましたが、出入り口には男が立っています。キッチンは風呂場《ふろば》にもつながっていますので、そこに逃げ込むしかなかったんですね。袋小路とわかっていても」

　キッチンから風呂場へと歩く。コンロの近くからはねじられた新聞紙が連結されて風呂場まで伸びている。導火線に似ていた。

　風呂場からはつんとした独特の臭《にお》いがした。カビ防止のアルコール消毒液がまんべんなく散布されているせいだ。特に死体を解体した辺りは念入りに撒《ま》かれていた。

「女の子は、お風呂場で犯されてしまいました。包丁で抵抗しようとしましたが、あっけなく取り上げられてしまったのです。ことが終わった後、口封じのために犯人は女の子を包丁で刺し殺しました。けれど、女の子の不幸はそれでは終わりません。フライドチキンの揚げ鍋が火にかけっぱなしだったのです。犯人はこの火を利用すれば証拠隠滅が図れると考え、不作為の放火を行います。犯人の思った通りに加熱され続けた油は燃え上がり、風呂場まで延焼。女の子の死体を焼き尽くしてしまいました。以上が、これから起こることです」

キッチンで発生した火災は新聞紙を伝って風呂場へ。風呂場にはアルコール消毒液が丹念に撒かれていて、それに引火する。炎は風呂場に残っている血痕を熱し、血液検査を困難にするだろう。ヘモグロビンは高熱で変性するし、炭化すればＤＮＡが破壊される。当然ＤＮＡ鑑定ができなくなる。ダメ押しにここに女の子の首から流れる血も混じる。信幸の血液の検出及び鑑定は困難を極めるに違いない。

二階の寝室に見えない血痕が残ってはいるが、警察が強姦殺人事件の捜査で全く関係のない部屋の血液反応をわざわざルミノール検査するとは考えにくい。

「気になるんだが、女の子の死体はちゃんと丸焦《まるこ》げになるのかな。もし生焼けになっちゃったら性的暴行を受けてないってわかっちゃうんじゃない？　それともお前は自分の焼き加減を調整できるのか？」

「ご心配なく。性的暴行はしっかり受けてきましたから。生焼けになっても大丈夫です」

司法解剖は、私の体をバラバラにする。

そうすれば真白の膣内《ちつない》からは、小さな裂傷が見つかるはずだ。強姦魔がコンドームをつけるわけがないが、万一潤の体液が検出されたら大変なことになるので妥協するほかなかった。

「もちろん、目指すは丸焦げです。ストーリーは残しても、ヒントは残さない方がいいですから」

その後、真白と怜は強姦魔が取りそうな行動を何度も想定し、実演した。実際に取っ組み合いもしてみた。そうするうちに時刻は五時半になった。

「では、本番といきましょう」

「オッケー」

怜は玄関に行くと、下駄箱《げたばこ》から信幸の靴を抜き取ってビニール袋に入れた。できるだけ履き潰《つぶ》れたものを選ぶように言ってある。そのビニール袋をバッグに入れると一ノ瀬家を出ていった。ヒールのかつかつかつという音がする。

二十分ほどして、怜は戻ってきた。彼女の靴は出ていった時に履いていた女性用のヒールから、信幸の靴に変わっていた。靴は怜にぴったりだった。信幸は小柄で足も小さかった。

怜は繁華街で信幸の靴に履き替えて、そこから歩いてきたのだ。

怜は言った。「言われた通り、大股《おおまた》で歩いてきたよ」

「歩幅は大事です。性差が露骨に出ますので。家の中を歩く時は特に意識してくださいね」

本番が始まった。

男性物の靴を履いたまま、怜が玄関をあがる。怜は何度もリハーサルをした強姦魔の動きをトレースして歩き回る。強姦魔の足跡を残していく。

怜は風呂場に行った後、そこでひとしきり運動して、玄関に戻ってきた。時刻はもうすぐ六時。潤との集合時間が近づいていた。怜は男性用靴を履いたまま出ていって、紫音として潤と合流する予定になっていた。靴は出先で履き替え、そのままどこかで処分する。こうすることで繁華街から一ノ瀬家にやってきて、暴れた後に繁華街へ戻っていく男の足跡が完成するのだ。現代の鑑識の技術はすさまじく、アスファルトに付けられた目に見えない足跡すら検出できる。その対策だった。履き潰れた靴を選ばせたのは、その方が足跡を取りにくいからだ。繁華街に着いた後の怜の足跡のことは心配する必要がない。いくら現代の鑑識でも、大勢の人が入り乱れる場所から特定の足跡を見つけ出すことは不可能だ。

「じゃあね」と怜は玄関へ向かった。

「耳栓はちゃんと持ちましたか？」

「無論。これがないと六時の聖歌がしのげない」

怜は玄関ドアに手をかけて、止まった。

「最後に一つ聞いてもいいか」

「なんです？」

「……この計画、お前が死ぬ必要はあるのか。不自然ではあるが、風呂場でボヤを起こすだけでも血液反応は誤魔化せるんじゃないか」

「今日死なないとダメなんです。明日になったら全部話さないといけなくなるので」

「だとしても風呂場で焼身自殺でよくないか。それで被疑者死亡になるだろ」

被疑者が死亡した場合、事件が発覚したとしても起訴は行われない。せいぜい書類送検になって終了だ。だが、それでは真白には足りないのだ。

「強姦殺人事件にまで仕立て上げる必要あるか？」と怜が尋ねてくる。

「捜査機関にストーリーを与えてやるんです。特に検察はわかりやすいストーリーを事件に求めますので、こっちから示してやれば乗ってきてくれるんじゃないかというのがひとつ」

捜査機関が自分のストーリーに固執したばかりに捜査を誤った事件は枚挙にいとまがない。

「ひとつと言うからには、他にも理由があるんだろう」

「ええ、もうひとつは」

真白は答えた。

「父にはこれからも、正義の味方でいてほしいからです」

「正義の味方？」

「ボヤを起こすのは失火罪または重過失失火罪です。娘が刑法犯になったら、父は警察を辞めないといけなくなります。犯人が証拠隠滅のために火を放ったことにすれば、その点は問題なくなります」

真白には思いがある。

「私は、みんなを守らないといけないんです」

その時の怜が真白を見る瞳の中では、すごく複雑な光が乱反射していた。

今度こそ怜は家を出ていく。真白に背中を向ける。

「で、守った先のみんなは幸せなのか？」

怜に背中を向けて喋《しゃべ》られると、紫音と見分けがつかなかった。

六時になった。聞き慣れた聖歌が流れている。ホワイトシチューからニンジンとジャガイモをつまみ食いした。最後の晩餐《ばんさん》だ。これは生焼けになった場合、胃の内容物から死亡推定時刻を特定させてやるために食べた。七時に死ぬつもりである。怜と潤がカラオケにいる七時に。協力してもらった二人には絶対のアリバイを与えなくてはいけない。それから三十分ほどは何を考えたか覚えていない。牛刀包丁を握って突っ立っているうちに、いつの間にか過ぎていた。

六時三十分に鶏肉の入った鍋を火にかけた。加熱され続けた油が発火するまでの時間がおよそ二十分から三十分である。七時から逆算して火をつけたのだ。じゅーじゅーという、食欲をそそる音が聞こえる。こんな時でも食欲は感じる。

包丁を持って、風呂場へ向かった。

服をはだけさせた。着衣の乱れというやつである。パンツを全部脱ぐかどうか迷ったが、結局片足だけにひっかけることにした。この方が乱暴されたような雰囲気が出るだろう。

硬い床に座り込む。

刃《やいば》を眺めて、考える。

刑事には、なれなかったな。

どこで間違ったんだろう。信幸を殺した時か。信幸をバラした時か。

わからない。でも、最後のこれだけは正しいはずだ。

だって、この犯罪がうまくいけば、

紫音は罪から逃れ、父は汚名を免れ、潤は私を忘れ、怜は娘の敵を殺せる。

私は首に刃をあてがった。怖くはないが、痛いのは嫌だ。事前にロキソニンを飲んでおいた。気休めにしかならないかもしれないが、うまく作用してくれることを願う。恐怖はない。なのに、勝手に手が震えた。肉体が死を拒んでいる。けれど為《な》さねばならない。

――だってこれは、美澄真白の正なる殺人なのだから。

刃を引くその前に、風呂場の鏡が目に入った。私の顔が映っている。私はとても驚いた。だって私は笑っていたのだ。

恍惚《こうこつ》。

罪を犯すのがそんなに楽しくて、気持ちがよいのだろうか。つくづく犯罪の才能に恵まれている。

だから、私は刃を引いた。これ以上見ていたくなかった。

熱いものが首筋を走って、別の熱いものが首筋から抜けていくのを感じた。

全く痛くなかった。薬のおかげではなさそうだ。異常な興奮状態が分泌《ぶんぴつ》する脳内麻薬の恩恵だろうか。

包丁を放り捨てる。私がこれを握ったまま死んでいてはいけない。

血が流れていく。切られた動脈から、赤い水が飛ぶ。目に見えない信幸の血を、私の血が洗い流していく。

くらりときた。座っていられなくなって、私は倒れた。

ワイングラスを倒したみたいに、血が広がっていく。

聖歌が聴こえる。それで七時になったのがわかる。

体が冷たくなる。けれど熱くもなってきた。新聞紙を伝ってきた炎が私の体を嬲《なぶ》っている。

火が広がる。

フリルだらけのワンピースは今宵《こよい》にぴったりの仕立てだ。

燃えるところがたくさんある。燃やされるために作られたみたいに。

床にまかれたアルコール消毒液を伝って、一面に火が広がった。

文字通りの火の海へ。

歌声が聴こえる。

――世の人忘るな　クリスマスは
――神の御子《みこ》イエスの　人となりて
――御救い給《たま》える　良き日なるを
――喜びと慰めのおとずれ　今日ここに来《きた》りぬ

身を焼かれながら、私はこれが煉獄《れんごく》の火であることを願った。

本書は新潮文庫のために書き下ろされた。

浅原ナオト著

今夜、もし僕が死ななければ

「死」が見える力を持った青年には、大切な誰かに訪れる未来も見えてしまう――。愛する人への想いに涙が止まらない、運命《いのち》の物語。

伊与原 新著

青ノ果テ
—花巻農芸高校地学部の夏—

僕たちは本当のことなんて1ミリも知らなかった――。東京から来た謎の転校生との自転車旅。東北の風景に青春を描くロードノベル。

柞刈湯葉著

幽霊を信じない理系大学生、霊媒師のバイトをする

理系大学生・豊は謎の霊媒師と出会い、奇妙な〝慰霊〟のアルバイトの日々が始まった。気鋭のSF作家による少し不思議な青春物語。

榎田ユウリ著

ここで死神から残念なお知らせです。

「あなた、もう死んでるんですけど」――自分の死に気づかない人間を、問答無用にあの世へと送る、前代未聞、死神お仕事小説！

太田紫織著

黒雪姫と七人の怪物
—最愛の人を殺されたので黒衣の悪女になって復讐を誓います—

最愛の人を奪われたアナベルは訳アリの従者たちと共に復讐を開始する！　ヴィクトリアン調異世界でのサスペンスミステリー開幕。

王城夕紀著

青の数学

雪の日に出会った少女は、数学オリンピックを制した天才だった。数学に高校生活を賭す少年少女たちを描く、熱く切ない青春長編。

河野裕著

さよならの言い方なんて知らない。

あなたは架見崎の住民になる権利を得ました。一通の奇妙な手紙から始まる、死と隣り合わせの青春劇。「架見崎」シリーズ、開幕。

小島秀夫原作
野島一人著

デス・ストランディング（上・下）

デス・ストランディングによって分断された世界の未来は、たった一人に託された。ゲーム『DEATH STRANDING』完全ノベライズ！

紺野天龍著

幽世《かくりよ》の薬剤師

薬剤師・空洞《うろ》淵霧瑚《ぶちきりこ》はある日、「幽世」に迷いこむ。そこでは謎の病が蔓延しており……。現役薬剤師が描く異世界×医療ミステリー！

五条紀夫著

クローズドサスペンスヘブン

俺は、殺された——なのに、ここはどこだ？天国屋敷に辿りついた6人の殺人被害者たち。「全員もう死んでる」特殊設定ミステリ爆誕。

佐野徹夜著

さよなら世界の終わり

僕は死にかけると未来を見ることができる。生きづらさを抱えるすべての人へ。『君は月夜に光り輝く』著者による燦めく青春の物語。

三田誠著

魔女推理
—嘘つき魔女が6度死ぬ—

記憶を失った少女。川で溺れた子ども。教会で起きた不審死。三つの死、それは「魔法」か「殺人」か。真実を知るのは「魔女」のみ。

芥川龍之介・泉鏡花
江戸川乱歩・小栗虫太郎 著
折口信夫・坂口安吾
ほか

タナトスの蒐集匣
—耽美幻想作品集—

おぞましい遊戯に耽る男と女を描いた坂口安吾「桜の森の満開の下」ほか、名だたる文豪達による良識や想像力を越えた十の怪作品集。

清水朔 著

奇譚蒐集録
—弔い少女の鎮魂歌—

死者の四肢の骨を抜く奇怪な葬送儀礼。少女たちに現れる呪いの痣《あざ》の正体とは。沖縄の離島に秘められた謎を読み解く民俗学ミステリ。

白河三兎 著

冬の朝、そっと担任を突き落とす

校舎の窓から飛び降り自殺した担任教師。追い詰めたのは、このクラスの誰？　痛みを乗り越え成長する高校生たちの罪と贖罪の物語。

杉井光 著

世界でいちばん透きとおった物語

大御所ミステリ作家の宮内彰吾が死去した。『世界でいちばん透きとおった物語』という彼の遺稿に込められた衝撃の真実とは——。

早坂吝 著

探偵ＡＩのリアル・ディープラーニング

天才研究者が密室で怪死した。「探偵」と「犯人」、対をなすＡＩ少女を遺して。現代のホームズVS.モリアーティ、本格推理バトル勃発!!

堀内公太郎著

スクールカースト殺人教室

女王の下僕だった教師の死。保健室に届く密告の手紙。クラスの最底辺から悪魔誕生。もう誰も信じられない学園バトルロワイヤル！

町田そのこ著

コンビニ兄弟
—テンダネス門司港こがね村店—

魔性のフェロモンを持つ名物コンビニ店長（と兄）の元には、今日も悩みを抱えた人たちがやってくる。心温まるお仕事小説登場。

三川みり著

龍ノ国幻想1

神欺く皇子

皇位を目指す皇子は、実は女！　一方、その身を偽り生き抜く者たち——命懸けの「嘘」で建国に挑む、男女逆転宮廷ファンタジー。

森　晶麿著

名探偵の顔が良い
—天草茅夢のジャンクな事件簿—

事件に巻き込まれた私を助けてくれたのは〝愛しの推し〟でした。ミステリ×ジャンク飯×推し活のハイカロリーエンタメ誕生！

結城光流著

守り刀のうた

邪気を祓う力を持つ少女・うたと、伯爵家の御曹司・鱗之助《りんのすけ》のバディが、命がけで魑魅魍《ちみもう》魎《りょう》に挑む！　謎とロマンの妖《あやかし》ファンタジー。

吉川トリコ著

マリー・アントワネットの日記
(Rose/Bleu)

男ウケ？　モテ？　何それ美味しいの？　時代も国も身分も違う彼女に、共感が止まらない！　世界中から嫌われた王妃の真実の声。

河端ジュン一著

顔のない天才　文豪とアルケミスト　ノベライズ
— case 芥川龍之介—

自著『地獄変』へ潜書することになった芥川龍之介に突きつけられた己の〝罪〟とは。「文豪とアルケミスト」公式ノベライズ第一弾。

デザイン　川谷康久（川谷デザイン）

美澄《みすみ》真白《ましろ》の正《せい》なる殺人《さつじん》

新潮文庫　あ-106-1

令和七年三月一日発行

著者　東《あがり》崎《ざき》惟《ゆい》子《こ》

発行者　佐藤隆信

発行所　株式会社新潮社

郵便番号　一六二―八七一一
東京都新宿区矢来町七一
電話　編集部(〇三)三二六六―五四四〇
　　　読者係(〇三)三二六六―五一一一
https://www.shinchosha.co.jp

価格はカバーに表示してあります。

乱丁・落丁本は、ご面倒ですが小社読者係宛ご送付ください。送料小社負担にてお取替えいたします。

印刷・錦明印刷株式会社　製本・錦明印刷株式会社

ISBN978-4-10-180301-2　C0193